나는 공황장애가 있는 공항 직원입니다

웰컴 투 패닉 에어포트

홍만춘 에세이

나는 공황장애가 있는 공항 직원입니다

웰컴 투 패닉 에어포트

홍만춘 에세이

마누스
Manus

일러두기

- 일부 비속어나 표준어가 아닌 단어는 작가의 개성을 살리기 위해 그대로 두었습니다.
- 이 책의 등장인물은 모두 가명을 사용했습니다.

프롤로그
웰컴 투 패닉 에어포트

제 취미는 독서입니다, 라고 하면 재수 없다고 생각하실 분들이 몇몇 계시겠지만 정말 제 취미는 '책 읽기'입니다. 그중에서도 '직업 에세이'를 가장 좋아합니다. 직업 에세이 신간이 나오면 기획 출판서든 독립 출판서든 가리지 않고 사서 읽어보는 편입니다. 그 안엔 내가 평생 겪을 일 없을지도 모르는 직업을 가진 이들이 겪는 애환과 서사가 담겨있기 때문이지요. 저는 평소에 상상하는 것을 아주 좋아하기 때문에 책을 읽으며 교도관이 된 저를 상상했다가 검사가 된 저를 상상하기도 합니다.

그래서 저는 저와 같은 직업을 가진 이들이 겪는 이야기도 공감하며 읽어보고 싶었습니다. 아, 제 직업이 무엇이냐고요? 저는 공항에서 근무했었습니다. 그래서 공항에서 근무하는 사람들의 이야기를 아주 잘 읽을 자신이 있었는데 그런 책은 없더라고요. 그래서 내가 한번 직접 써보면 어떨까, 하는 마음으로 이 글을 쓰기 시작했습니다.

시중에 승무원이 쓴 책이 많던데 왜 거짓말을 하는 것이냐, 물어보신다면 대답해 드리는 게 인지상정. 저는 '승무원'이 아닙니다. 저는 '지상 직원'입니다. 그라운드 스태프(Ground Staff)라고도 하고요. 흔히들 '지상직 승무원'이라고 알고 계시는 그거 맞습니다. 여기서 하나 알려드리자면, 사실 지상에서 근무하는 저희에게 '승무원'이라는 단어는 쓰지 않습니다. 승무원은 '탈 승(乘)' 자를 쓰는지라 비행기, 배, 기차 등에 '타서' 근무하는 사람을 일컫기 때문이죠. 저는 주로 공항 카운터에서 수속을 하거나 게이트에서 승객들의 탑승을 돕고 비행기를 정시에 출항시키는 역할을 했습니다.

그래서 이 책은 비행기가 이륙하기 전, 공항에서 벌어지는 일들을 중심으로 저만의 기쁨과 슬픔을 담아, 공항 상주 직원의 시선으로 그려낸 이야기들로 채워져 있습니다.

또한 저는 공황장애를 겪고 있습니다. 요즘은 공황장애가 연예인들 위주로 미디어에 많이 노출되다 보니 '연예인이 걸리는 병', '예술가가 걸리는 병'이라는 인식이 강해진 것 같습니다. '나와는 다른 세상 이야기'처럼 말이죠. 하지만 당신의 사무실 옆자리에서 일하고 있는 모 사원이, 방금 지하철 앞자리에서 눈이 마주친 그 사람이 공황장애일 수도 있습니다. 공황장애는 누구나 걸릴 수 있고, 시련이 찾아와 약해진 마음 한쪽에 언제나 자리 잡을 수 있습니다.

몸이 아프면 눈치 볼 필요 없이 병원에 가면 되지만 마음이 아프면 꽤나 눈치를 봐야 합니다. 남들에게 떳떳하게 말할 수 없고, 말하는 순간 약점이 되어 버리기도 하니까요. '정신건강의학과'의 문턱이 높은 이유가 여기에 있다고 생각합니다. 들어가기 전엔 남들과 똑같은 '보통 사람'이지만 문을 열고 나오는 순간 '약점'을 저당 잡히기 때문이죠.

하지만 '보통 사람'이 아니면 또 어떻습니까? 수십억 명의 지구인들이 모두 고만고만하다면 오히려 이상할 것 같습니다. 이쪽으로도 좀 삐져나가고, 저쪽으로도 좀 툭 튀어나와 줘야 서로가 서로에게 테트리스처럼 맞춰 나가며 손에 손잡고 벽을 넘어서 하나가 되는 것 아니겠습니까?

이 책은 가끔은 기쁠 때도 있고 가끔은 슬플 때도 있습니다. 이리저리 감정 널뛰기하는 저의 공간에 놀러 와 주신다면, 저는 최고의 비행기를 준비해 놓겠습니다. 그러니 승객 여러분께서는 힘차게 즐겨주시면 되겠습니다.

자, 이제 공황장애가 있는 공항 직원의 희로애락이 가득한 '홍만춘월드행' 티켓이 발권되었습니다. 그럼 이만, 즐거운 여행 되십시오.

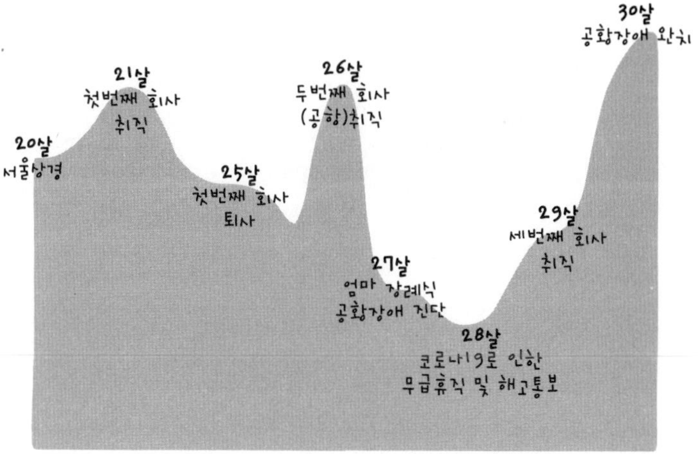
20살
서울상경
21살
첫번째 회사
취직
25살
첫번째 회사
퇴사
26살
두번째 회사
(공항)취직
27살
엄마 장례식
공황장애 진단
28살
코로나19로 인한
무급휴직 및 해고통보
29살
세번째 회사
취직
30살
공황장애 완치

홍만춘의 인생 그래프

차례

2장 / 입국 게이트

나의 세상으로 들어온 것들

3장 / 환승 게이트

나의 세상 안에서 함께 떠돌았던 것들

4장 / 출국 게이트

다시 내 세상의 게이트가 열리는 날

1장 | 체크인

나는 공황장애가 있는 공항 직원입니다

Contents

월요병인 줄 알았다

처음에 난 공황이 공황인지도 몰랐고 불안이 불안인지도 몰랐다. 매일이 불안하고 너무 불안해진 나머지 까무러칠 정도가 되었지만 그게 내 정신 상태 때문에 까무러치는 것인지 아니면 내 건강 상태가 너무나 연약한 나머지 주기적으로 119구급 대원들을 괴롭히지 않으면 이 험난한 세상을 살아갈 수가 없는 지경이 된 것인지는 몰랐다.

그러니까, 난 그게 월요병인 줄 알았다. 남들은 1주일에 하루 오지만 나한테는 1주일에 7일 오는 변이 월요병. 나는 매일 매일을 내일이 월요일인 것처럼 살았는데, 내가 공황장애일지도 모른다고 생각하게 된 계기는 의외로 단순했다. 인터넷에 있는 한 테스트를 해보고 나서였다.

*** 다음 12문항 중 3가지 이상의 증상이 급격히 나타난다면 당신은 공황장애일지도 모릅니다.**

1. 호흡이 가쁘고 숨쉬기가 힘들다.
2. 심장이 두근거리며 빨리 뛴다.
3. 식은땀이 많이 난다.
4. 온몸이 떨리는 현상이 일어난다.
5. 소화기관에 불편함과 복통 구토 증상이 나타난다.
6. 어지러움과 현기증이 나타난다.
7. 춥지 않은 환경에서도 추위를 느낀다.
8. 가슴이 답답하고 조이는 듯한 느낌이 든다.
9. 몸의 경직이 느껴지고 사지가 마비된다.
10. 질식할 것 같은 기분을 느낀다.
11. 죽을 것 같은 공포감을 느낀다.
12. 비현실적인 감각과 본인이 누구인지 정체감을 잃을 것 같다.

나는 12개 중 3가지 문항을 제외한 나머지 문항에 모조리 체크했다. 계속 쓰러져대서 실려 간 병원에서도 제대로 설명해주지 못했던 내 문제들이 전부 이 화면 안에 담겨있었다. 그동안은 그저 유독 몸이 약했던 거라고 생각했다. 검사를 해보면 빈혈도 없고 이상 소견도 없었기에 '스트레스성 어쩌고'의 영향이겠거니 생각했다. 참을 새 없이 눈물이 났다. 결국 정신과를 찾아갔다.

불안장애, 공황장애, 우울증 진단을 받았지만 이미 인지하고 나서였는지 그리 놀랍지 않았다. 오히려 나에게 맞는 약을 타 먹을 수 있음에 감사했다. 정신건강의학과를 가기 전까지의 나는 분명 남들과 똑같은 사람이었는데. 그냥 좀 월요병이 심하고 자주 외로운 사람일 뿐이었는데. 병원 문을 나선 후부턴 정신 건강에 문제가 있는 사람이 되었다. 하지만 병원을 찾는 일도 쉽지는 않았다. 정신건강의학과는 평생 가본 적이 없었던 터라 어떤 기준으로 찾아야 하는지, 어떤 선생님이 좋은지 기본적인 정보조차 없었던 것이다. 그리하여 검색에 검색을 거쳐 병원 투어를 하게 되었다.

첫 번째로 찾아간 병원은 신촌에 있는 옛날 전당포 스타일의 병원이었다. 딱 내가 생각하던 정신과 이미지였다. 1층에 유명한 프랜차이즈 카페가 있고 그 위층에 병원이 있었는데 카페 위로는 생각보다 엄청 음침하고 같은 건물이 맞나 싶게 으슥했다. 심지어 간판도 없었다. 병원은 내 자취방 못지않게 작았다. 대기실이라고 하기에도 민망한 벤치에 앉아있으려니 다른 손님들이 들어올 때마다 뻘쭘하게 이 긴 의자 하나를 공유하게 됐다. 하지만 나는 물론 들어오는 누구도 서로 눈이 마주치면 큰일이라도 날 것처럼 눈 한번 돌리지 않았다. '내가 정신과에 왔다니?', '여기가 정신과라니?' 등등 인생의 금기라도 깬 것 같은 긴장감과 두근거림과 대기실의 어색한 공기가 나를 휘감았다.

상담실에 들어가니 의사 선생님이 무슨 무슨 좋은 활동을 하고 있고 무슨 무슨 상을 받았다는 내역들이 방 안을 가득 메우고 있었다. 선생님이 무슨 일로 왔냐고 물어봤지만 나는 한참을 아무 말도 못 하고 눈물만 뚝뚝 흘렸다. 선생님도 조용히 갑 티슈만 내 쪽으로 밀어주셨다. 상담이 끝나고 밖으로 나와보니 접수처에서 약 조제까지 해주는 걸 보고 깜짝 놀랐다. 의사 선생님 한 명, 접수 겸 약 조제 겸 원무 겸…. N잡러의 시대에 걸맞은 트렌디한 직업을 가지신 직원분 한 명까지 총 두 명으로 굴러가는 병원이었다. 계속 다니다 보면 치료하러 갔다가 병만 더 깊어질 것 같은 황량한 환경이라 한 번 나가고 말았다.

두 번째로 찾아간 병원 역시 신촌에 있는 또 다른 병원이었다. 여긴 두 번 정도 갔었는데 갈 때마다 어째 손님이 나밖에 없었다. 여기 굴러가긴 하나 싶게 선생님 말투도 너무 까칠했다.

"남들이 제 얘기를 하는 게 싫어요. 저는 존재감 없이 회사를 다니고 싶은데 회사 특성상 그게 잘 안 돼요. 가끔 사람들 뇌에서 저에 대한 기억을 다 없애 버리고 사라지고 싶다는 생각도 해요."

"그게 왜 싫어요?"

"네?"

"그게. 왜. 싫냐고요."

"어… 저는 튀는 걸 그렇게 좋아하지도 않고요…."

"나는 만춘 씨처럼 생각하지 않아요."

"네…?"

"남들이 내 얘기를 하는 건 내가 잘나서 그런 거예요."

"아… 그러시구나…."

또는,

"지금 무슨 일해요?"

"인천공항에서 항공 지상직으로 근무하고 있어요. 탑승권 발급해 주고 탑승 도와 드리고, 그런 일해요."

"일하면서 뭐가 제일 힘들어요?"

"게이트 업무 같은 경우엔 출항 시간이 딱 정해져 있다 보니까 일이 마음대로 안 될 때 너무 조급해지고 사람들도 예민해져요. 뭐 그런 일이 어쩌다 한두 번이면 괜찮은데 빈번하게 돌발 상황이 발생하니까 그게 제일 힘들어요."

"그게 뭐가 힘들어요?"

"네?"

"그걸 만춘 씨가 바꿀 수 있는 거예요?"

"어… 그런 건 아닌데…."

"왜 본인이 바꿀 수 없는 문제로 힘들어해요? 그건 어쩔 수 없는 거잖아요? 나는 그런 식으로 생각 안 해요."

"아… 그러시구나…."

하는 식이었다. 뭔가 위로받는 듯하면서도 혼나고 오는 느낌이라 기분이 썩 좋진 않았다. 그리고 약을 너무 쥐톨만큼 처방해 줬다.

"지금 일하고 계시니까 약 너무 세게 안 줄게요. 졸릴 수도 있어서."

부작용이 걱정돼 조금 준 게 아니라 부작용을 원천 봉쇄하려는 의도처럼 보이는 용량이었다. 뇌가 분명 아까 무슨 약을 먹었다고 했는데 간은 당최 무슨 약을 해독해야 할지도 모를 지경이었을 거다. 약물에 의존하고 싶은 마음은 없었으나 아예 약효가 없는 건 더 싫었으므로 이곳 역시 발길을 끊었다.

세 번째로 찾아간 병원은 한양 문물에 실망하고 동네 병원을 찾아보다 발견한 곳이었다. 분명 인천에 있는 동네 병원인데 신촌의 두 곳보다 훨씬 바글바글했다. 대기실이 문자 그대로 미어터질 것 같았고 대기실로 모자라서 영상 치료실까지 개방해 놓을 지경이었다. 일반 내과도 아니고 정신과에서 이런 광경은 처음 목격하는지라 처음엔 다분히 당황을 했다. 초진이라 했더니 직원분이 나를 문진실로 이끌고 가 영역별 문진표를 건네주며 작성하고 나오라고 했다.

정말 불행하게도 내가 병원을 찾은 날은 당시 사귀던 애인과 크게 다투고 헤어질 위기에 처해있던 날이었다. 왜 하필 그날 갔는지는 모르겠으나 아마 평소에 같이 병원에 가주겠다고 말했던 애인에 대한 반항심에 '너 없이도 나 혼자 잘 갈 수 있어!' 하는 마음이었던 것 같다. 하지만 나는 호기로운 마음가짐에 그렇지 못한 태도를 보여주었다.

'내 미래는 희망이 없다고 생각한다… 5점…'

'나는 나 자신이 실패자라고 생각한다… 5점…'

'나는 항상 죄책감에 시달린다… 4점…'

5점이 제일 높은 점수였다. 심지어 눈물도 조금 흘렸던 것 같다.

"만춘 씨, 우울 증상이 좀 심하게 나왔어요."

"네에…."

"뭐가 만춘 씨 마음을 힘들게 해요?"

"그냥 다요. 코로나 때문에 무급 휴직 중인데요, 잘릴 수도 있고… 돈도 없고, 저는 집도 없고, 엄마도 없고… 킁흡흑흙컥… 죄송해요."

선생님은 또 말없이 갑 티슈를 내 쪽으로 밀어주셨다. 젊은 여선생님이라 말도 잘 통하는 것 같았고 이것저것 세심하게 잘 봐주시는 것 같아 1년여 동안 이곳에 정착했다. 약 1년 동안 나는 무급 휴직자에서 실업자로, 실업자에서 새로운 회사로 재취업을 이뤄냈지만 선생님은 이 병원을 떠나신다고 했다. 원래 대학병원 교수님이신데 1주일에 한두 번 이곳으로 잠시 나오신 거라고 했다.

"만춘 씨만 괜찮으면 다음부턴 저 있는 병원으로 와서 진료받으세요. 대학병원이라 예약이 조금 까다로울 순 있는데 아무래도 만춘 씨 입장에선 갑자기 담당의를 바꾸는 것보다는 나을 것 같아서요."

어차피 결국 각자의 길을 걷게 된 전 애인을 따라온 동네였다. 다른 병원으로 가든 선생님을 따라 대학병원으로 가든 한 가지 명확한 사실은, 앞으로 이 동네에 다시 올 일은 없을 거라는 점이었다. 나는 선생님을 따라가기로 했고 나의 새 출발을 응원하는 마음으로 대학병원에 간 첫날, 그 결정을 후회했다. 한 회 진료비가 거의 지금까지의 두 달 치 진료비와 맞먹었기 때문이다. 영수증을 보니 내가 감히 감당할 수 있는 금액이 아닌 것 같았다. 이 금액을 2~3주마다 한 번씩…. 갑자기 공황과 우울과 불안이 씻은 듯이 낫는 듯한 느낌이 들었다… 면 좋았겠지만 물론 그런 일은 꿈에서라도 생기지 않았다.

하지만 언젠가는 씻은 듯이 다 나았으면 좋겠다고 생각했다. 씻고 씻고 씻어서 언젠가는 정말로 씻겨져 내려갈 아이들이라면, 마지막 날에 그 친구들에게 단 하루 말을 걸 수 있는 기회가 있다면, 그래도 고마웠다고 얘기하고 싶다. 모든 것이 불행하진 않았었다고. 어둠이 있었기에 빛이 더 찬란할 수 있었다고.

그럼 나는 이만 씻으러 가야겠다. 찬란해질 미래를 꿈꿔야 해서 말이다.

#그럼 #20,000

공황장애 말고 공항장애

항공사에 다닌다는 사람 열 명을 붙잡고 물어보면 개중 여덟아홉 명은 이 말을 들어 봤을 것이다.

'공항장애'

이는 '공항'과 '공황장애'의 합성어로, 공항만 가면 공황장애가 올 것 같은 불안감이 든다는 이유로 이런 우스갯소리 같은 신조어가 탄생했다.

공항은 일반 사람들에겐 너무나 신나고 설레는 장소일 것이다. 공항에서 나는 특유의 낯선 냄새, 높은 층고, 미로 같은 길, 맛없지만 왠지 맛있게 느껴지는 식당 밥, 곧 있으면 비행기를 탄다는 설레는 기분…. 한때 비(非)공항인이었던 나에게도 공항은 그런 특별한 존재였다. 그랬기에 더더욱 공항에서 일하고 싶었고 매일매일 설레는 기분을 느껴보고 싶었다. 그러던 내가 어쩌다 '공황장애'와 더불어 '공항장애' 같은 얼토당토않은 병에 걸리게 된 걸까.

나는 왜인진 몰랐지만, 하루하루 펄떡펄떡 뛰는 심장을 부여잡으며 살았다. 모름지기 사람이라면 심장이 뛰기 마련이기 때문에 구태여 내가 사람이라는 증명을 하려는 건 아니고, 평소에 본인의 심장 뛰는 소리를 느끼며 다니는 사람은 없을 테지만 '불안장애'라면 이야기가 다르다. 심박수가 막 높은 건 아닌데 이상하고도 기분 나쁘게 심장이 뛴다. 그리고 왠지 모르게 불안하다. 이러다 내가 어떻게 되어 버리는 건 아닌지 조심스레 걱정도 든다. 당시 사귀던 남자 친구한테 이런 고민을 털어놓았더니 '그거 월요병이네!'라는 명쾌한 진단명을 내려주었다. 그래서 나는 1주일 내내 월요병을 달고 사는 주책맞은 애인이 되어 버렸다.

고대 하와이안들의 지혜를 가르쳐 준다는 책, 미움받는 것에도 용기가 필요하다는 책, 고민이 많아서 고민인 당신을 바꿔주겠다는 책 등등 불안 증세를 잠재우기 위해 그럴듯해 보이는 건 다 읽어보았고 그냥 일기, 감사 일기, 별의별 일기란 일기는 다 써보기도 했다. 찰리 채플린이 했다던 무슨 무슨 말, 스티브 잡스가 무슨 무슨 강연에서 했다던 말, 명언이란 명언은 도토리를 모으는 다람쥐처럼 수집하고 다녔다. 그럼에도 불구하고 내 마음은 새벽이면 새벽이라고, 출근이면 출근이라고, 쉬는 날이면 다음날 출근이라고 끝끝내 서글퍼지고 불안해져 버리고 말았다.

그것이 월요병이 아니라 공황장애라는 것을 아는 데에는 긴 시간이 필요치 않았다. 내 발로 정신건강의학과라 불리는 곳에 찾아가는 날이 그리 먼 훗날이 아니었음을 깨닫는 데에도 그랬다.

'불안장애의 일종인 우울증을 포함한 공황장애.'

이것이 내 병명이었다. 오. 왠지 모르게 힙하고 멋있어 보이는 예술가가 된 것만 같았다. 모름지기 예술가라면 공황장애 하나쯤은 앓고 있어 줘야지. 하지만 슬프게도 나는 예술가가 아닌 일개 서비스업 종사자였다. 공항에서 근무하는 일개 서비스업 종사자에게 공황장애란, 몰려오는 승객들을 보며 프로페셔널한 안내란 어떤 것인지 보여주겠어, 보다는 일순간에 턱 막히는 숨을 참으며 도망을 생각하고, 실수라도 하는 날이면 무력감에 몸부림치다 스스로를 갉아먹고 결국은 파괴해버리고야 마는 종족이라고 볼 수 있었다. 직장이 돼버린 공항 특유의 낯선 냄새는 불안을 일깨우는 촉진제가 되었고 미로 같은 길은 게이트 위치를 헷갈리게 만들어 안 그래도 혼날 일 많은 신입 홍만춘의 기를 푹 꺾어 놓았으며, 오지게 비싼데 그렇다고 엄청 맛있는 것도 아닌 식당 밥은 내 주머니 사정과 입맛을 동시에 소멸시키는 데 성공했다.

엎친 데 덮친 격으로 그 무렵 나는 엄마를 천국으로 보내주는 큰일도 하나 치러야 했다. 엄마는 영영 나와 닿지 못할 곳으로 떠나 버렸다. 내 인생에서 가장 소중한 사람이 누구냐 물으면 일말의 고민 없이 나는 엄마를 꼽을 것이었다. 가장 소중한 사람이 나를 떠나 버렸다는 상실감에 나는 점점 마음의 문을 닫았고 사람들과 물리적으로도, 정신적으로도 떨어진 영종도 한켠에 스스로를 유배시켰다.

나는 겉으로만 활달하여 아무도 나의 이런 상태를 알지 못했지만 나 몰래 모두들 뒤에서 수군대는 것만 같은 느낌을 받았다. 아무도 나에게 미친년이라고 벌을 주지 않으니 스스로를 갉아먹는 방향으로 벌을 주고 있었던 것이다. 내가 작곡가나 작사가였다면 이런 걸 노래로, 미술가였다면 그림으로 승화시켰을 텐데 그조차도 불가능했다.

한 무더기의 약 봉투를 보며 '저걸 다 먹어 치워도 나는 여전히 그대로 미친 나일 텐데. 먹어봤자 소용 있나?' 하는 생각이 들었다. 하지만 대체적으로 나는 말을 잘 듣는 아이였고, 먹으라는 대로 꼬박꼬박 약을 챙겨 먹으며 공황장애가 다 낫게 되는 날 남은 약을 다 버리고 축배를 들리라 다짐했다.

#예술가와 #나의 #공통점은 #공황장애뿐

(안) 슬기로운 공황 생활

나는 정신과 상담 주기가 굉장히 들쭉날쭉해서 어떤 날은 1주일에 한 번씩 가고 또 어떤 날은 3주일에 한 번씩 가기도 했다. 내 태도에 따라 다음 병원 방문 날짜가 달라졌는데 나 죽겠다고 울부짖는 날엔 꼼짝없이 바로 다음 주에 와야 하고, 나는 지금 이것도 하고 있고 저것도 하고 있고 세상 너무나 살 만한 척하면 2주에서 3주간의 시간이 주어졌다. 하지만 1주일이건 3주일이건 선생님에게 듣는 이야기는 항상 비슷한 면이 있었다.

"이것과 저것은 하지 마시고 저것은 주의하시고…."

선생님은 공황장애는 상담과 약물뿐만 아니라 생활 습관 개선도 중요하다고 강조하셨지만 나는 대부분 모르쇠 했다. 하루 중 가장 많은 시간을 보냈던 공항이라는 직장 환경도 나를 도와주지 않았을뿐더러 우울증이라는 최고의 핑곗거리가 있었기 때문이다. 당시 나의 주 생활 반경은 침대에서 플러스 마이너스 2미터 정도였다. 침대와 무한도전이 내 라이프 스타일의 전부였으니까. 이불 속에 누워 보고 또 봐서 이제는 자막까지 외워 버린 무한도전을 시청하는 게 내 유일한 낙이었다.

하지만 아예 삶을 놓아 버린 건 또 아니었으므로 나도 뭔가 노력하려는 '노력' 정도는 했었는데 문제는 그게 '니은' 정도에서 그쳤다는 데에 있었다. 내게 생활 습관은 밀가루 같은 거였다. 밀가루가 안 좋단 걸 알면서도 끊을 수 없는 것처럼 말이다. 정신과 선생님에게 듣는 말, 타이탄이라 불리는 사람들이 했다던 말, 부자들이 실천하고 있다는 인터넷에 떠도는 말 등은 대개 항상 일치했다. 다 뻔한 말을 하고 있는데 그 뻔한 말을 나만 지키지 못하고 있는 것 같았다. 예를 들면, 아래와 같은 것들이다.

새벽 6시에 일어나 하루를 열어라. 남들이 자는 동안 고요한 나만의 시간을 가질 수 있다.

나는 주로 새벽 4시 또는 5시에 출근을 했는데 공항엔 모두들 깨어있는 사람밖에 없었다. 고요한 나만의 시간은 미라클하게 사라져 버렸다.

규칙적인 생활을 하고 무너진 생체리듬을 회복하라.

공항은 스케줄 근무로 움직이기 때문에 규칙적인 생활이 애초에 불가능했다. 오늘은 새벽 4시에 출근했다가 다음 날은 오후 1시에 출근한다. 자는 시간도 뒤죽박죽, 밥 먹는 시간도 엉망진창이다. 스케줄이 거지같이 나오면 밤 10시에 퇴근했다가 다음 날 새벽 3시에 출근해야 하는 일도 생긴다. 우리는 이걸 '꺾인다'라고 표현했는데, 한 달 스케줄을 받아보고 이 '꺾이는' 날이 많으면 한 달 내내 업그레이드된 거지 같은 기분을 숨길 수 없었다. 이 꺾이는 날이 있으면 퇴근하고 집에 가서 샤워하고 나와 그 위에 그대로 화장을 하고 그대로 유니폼을 입고 출근을 하면 되기 때문이다.

오늘은 낮에 잤다가 내일은 새벽에 잤다가 또 모레는 샐녘에 잤다가, 하루하루를 이런 식으로 사니 규칙적인 생활이 될 리가 만무했다. 또 수면 패턴이 이렇게 불규칙하면 불면증이 올 확률도 크다고 하는데 실제로 나는 잠을 자도 푹 잠들지 못하고 중간중간에 깨는 경우가 허다했다.

밥 먹는 시간도 딱히 정해진 건 없었다. 업무 시간엔 그나마 덜 바쁜 시간에 관리자가 밥 먹고 오라고 보내주면 먹었고 쉬는 날엔 어영부영 배가 고프면 먹었다. 몸이 고되고 힘드니 뭔가 요리를 해 먹는다는 그런 이세계(異世界)에서나 볼 법한 희망적인 일은 일어나지 않았고, 내 주식은 주로 편의점 도시락과 라면이었다. 전 직장에 다닐 때 같은 팀이었던 MD가 내가 점심으로 허구한 날 편의점 김밥만 먹는 걸 보면서 "만춘 님, 그러다 죽어!"라고 겁줬던 게 생각났지만 애써 모른 척했다.

꾸준히 운동하라. 몸과 정신이 맑아지고 긍정적인 사고를 하게 된다.

내가 그 당시 하던 운동이라고는 숨쉬기 운동이 전부였다. 운동을 해야겠다는 생각은 끝내주게 잘했는데 끝내주는 실행력이 뒷받침되지 않았다. PT를 알아보기는 했는데 막상 끊으려니 망설여지는 것이 내 귀여운 월급 때문인지 헬스장의 먼지만도 못한 내 의지 때문인지 아니면 둘 다 때문인지 가늠이 되지 않았다.

하지만 운동이라면 운동이라고도 말할 수 있는 것이 있었다. 출근하는 날은 꼭 만 보 이상은 걸었는데, 이게 어떻게 가능했냐면, 게이트를 몇 번 뛰어다니다 보면 알아서 찼다. 나는 게임 속에서 일일 퀘스트를 깨는 기분으로 게이트를 돌았다. 게이트별로 난이도도 달라 채워지는 걸음 수도 달랐다.

퀘스트 1. NRT(나리타) 게이트에서 승객 350명을 태우시오. (난이도 하)

게이트 중에서도 가장 깔끔한 게 일본 게이트다. 한국인, 일본인 탑승객이 대부분이기 때문에 비자 문제로 입국이 거절될 일도 거의 없고 짐도 대부분 잘 맞춰서 온다. 그리고 특히나 일본 승객 같은 경우… 컴플레인이 거의 없었다. (사랑해요) 덕분에 가장 적은 걸음 수가 채워진다.

퀘스트 2. BKK(방콕) 게이트에서 각 INAD(Inadmissible, 입국거절자) 10명, DEPO(Deportee, 강제 추방자) 10명을 핸들링하시오. (난이도 중)

INAD, DEPO를 핸들링하는 것 자체는 그다지 어렵지 않다. 하지만 게이트가 끝나고 나서 보고서를 공항 내 법무부에 가져다 제출해야 하기 때문에 굉장히 번거롭고 귀찮다. '가성비'

가 좋지 않은 퀘스트다. 다녀야 할 곳이 여기저기 있기 때문에 제법 많이 걷게 된다.

퀘스트 3. VTE(비엔티안) 게이트에서 환승객 50명을 수속하시오. (난이도 최상)

이 업무가 퀘스트 난이도 최상인 이유는,

첫째, 환승객 대부분이 라오스계 미국인이라 여권은 미국 여권인데 이들은 영어를 못 한다. 상대방은 라오스어, 나는 기초 영어로 떠드니 기본적으로 말이 안 통한다.

둘째, 게다가 승객이 전 구간에서 이용한 항공사와 우리 항공사 간 시스템상 수하물 연결이 되지 않으니 수동으로 백 번호를 입력해 줘야 하는데 대부분 Baggage claim tag(수하물 영수표)라는 단어를 알아듣지 못할뿐더러 알아들었다고 해도 그걸 어디에 뒀는지 까먹은 경우가 대부분이기 때문에 수속에 굉장히 난항을 겪는다. 게다가 출항 시간은 정해져 있는데 저 수많은 환승객들이 언제 다 게이트에 나타날지 알 수 없다. 그냥 저 게이트에 내가 안 걸리길 바라는 게 최선이다.

나는 저 게이트에서 굉장한 사고를 친 전적이 있기 때문에 같은 게이트를 뛰었던 대리님이 두 번 다시 비엔티안 게이트에 홍만춘은 넣지 말라고 오피스에서 울분을 토하셨다는 후

문….

다 깨고 나면 캐릭터 체력을 나타내는 HP는 폭삭 닳아있었고 보상으로는 작고 소중한 월급과 만 보에 육박하는 걸음 수와 소정의 경험치가 주어졌다. 그리고 보람은… 없었다. 이래저래 이 일은 운동 못지않게 체력 소모가 심하다.

술, 담배, 카페인을 멀리하라.

애써 노력하지 않아도 스스로 건강에 굉장히 좋은 일을 하고 있다는 뿌듯함을 주는 것들이 있으니 바로 술과 담배를 하지 않는다는 것이다. 나는 술자리도 별로 안 좋아하고 술 자체도 잘 안 마신다. 일단 맛이 없다. 당최 소독약 맛이 나는 액체를 마셔서 뭐 한단 말인가? 몸에서 알코올이 안 받아주는 것도 있다. 언젠가 회식 자리에서 '첫 잔은 원샷'이라는 맡은 바 소임을 다하기 위해 부장님이 따라주신 소맥을 원샷했다가 화산 폭발할 듯 온몸이 시뻘게지는 바람에 부장님은 더 이상 직원들에게 술을 권하지 않으셨다. 그리고 나는 널리 직원들을 이롭게 하는 '홍익인간'이 되어 장렬히 전사해 버렸다.

담배는 서른 살 인생사를 통틀어 입에도 대본 적이 없다. 그냥 전에도 안 피웠으니 지금도 안 피우고 있고, 앞으로도 안 피울 예정이다.

그런데 커피는 도저히 끊을 수가 없었다. 카페인이 들어가면 심장이 빨리 뛰고 심장이 빨리 뛰면 불안해진다. 공황발작이 오면 심장이 터질 듯 뛰어대는 증상이 있어 심장이 조금이라도 빨리 뛸라치면 지레 겁을 먹기에 더더욱 카페인을 끊었어야 했지만 내게 커피는 불가침의 영역이었다. 업무 사이사이에 마시는 커피는 최고라고 감히 말할 수 있다. 당시 내가 제일 좋아하던 커피는 인천공항 제1여객터미널 4층에 있는 ○○카페에서 파는 라테였다. 콜드브루 아니면 에스프레소 중에 선택할 수 있었는데,

"안녕하세요. 저 바닐라 크리미 라테 에스프레소 샷 하나만 넣어서 가능할까요?"

가 내 고정 멘트였다. 가능한 걸 알면서도 직업병으로 인한 공손한 말투를 버리지 못해 항상 "가능할까요?"라고 물으면 이미 내 대사를 외워 버린 직원분들은 카페에 내 머리통이 나타남과 동시에 알아서 포스기를 찍고 계셨다.

지금은 어떠냐고 물어보면 할 말이 없다. 나는 아직도 주말엔 해가 중천에 떠야 일어나고 운동은 코로나 때문에, 라는 비겁한 변명을 대며 가지 않고 있고, 카페인은… 글을 쓰는 지금도 카페에 와있다.

이 글을 읽고 있는 공황 동지들이여! 나는 그대들을 응원한다. 공황인들이 모두 힘내고 잘 살아서 나도 좀 잘 살았으면 한다. 그러니 부디 나처럼은 행동하지 마시고 잠도 잘 자고 밥도 잘 먹고 운동도 열심히 해서 슬기로운 공황 생활을 이어가시길 바란다. 피스!

#운동은 #내일부터

공황장애가 있으면 비행기를 못 타나요?

비행기, 공항은 일반 사람들에겐 너무나 설레고 행복한 장소지만 비행기가 힘든 소수의 사람들이 있다. 연예인들 중에도 비행기 타는 것이 힘들어 타자마자 수면제를 복용하는 경우도 있다고 하던데, 그렇다면 공황장애가 있으면 비행기를 못 타는 걸까?

사람마다 편차는 있겠지만 나 같은 경우, 탈 수는 있다. 조금 답답하긴 하지만. 잠을 자거나 뭔가 다른 집중할 거리, 또는 맛있는 게 있으면 괜찮다. 맛있는 게 눈앞에 있으면 기쁘다. 그 기쁨이 답답함을 이겨 버린다. 그래서 비행기를 타면 꼭 컵라면이나 떡볶이 등 간식을 시켜 먹는다. 다들 해외여행을 갈 때 비행기를 고르는 기준이 하나씩 있지 않은가? 나는 간식이다. 예를 들어 떡볶이와 찐계란과 아이스티를 먹고 싶으면 T 항공사를 고르는 식이다. 이쯤 되면 비행기를 타는 행위엔 크게 관심이 없다. 간식시켜 먹을 흥분과 즐거움에 눈이 멀어 비행기 공황장애를 물리쳐 버린 케이스다.

비행기 자체만 두고 봐도 나쁘지 않다. 비행기는 아무리 만석이어도 입석은 없지 않은가? 난 비행기보다 지하철을 못 견뎌 한다. 특히 서울 2호선 출근길 신도림역-삼성역 방면, 퇴근길 삼성역-신도림역 방면은 그야말로 지옥이다. 실제로 이 노선에서 4년여간 출퇴근하며 공황발작을 열댓 번 정도 경험했다.

당시 나는 이상하게 뭐라도 씐 것마냥 교대역 근처만 가면 픽픽 쓰러져대기 일쑤였고 교대역 역무실 내 직원용 휴게실을 내 단골 휴게실처럼 들락날락했다. 나는 지하철 안에서 공황이 오면 온 정신을 부여잡고 죽을 것 같은 압박감을 참고 견디다 역에 도착해 문이 열리면 한 마리의 네발짐승이 되어 밖으로 기어나가 개찰구 근처에 드러누웠다. 그러면 우리나라에 있는 수많은 착한 사마리아인들이 역무실에 전화도 해주고, 아가씨 술 많이 드셨냐며 친절하게 말도 걸어줬다. 나중에 정신을 차리고 보면 손에 물병이 쥐어져 있을 때도 있었다.

나는 잘 모르겠지만 비행기 공황이 심한 사람들은 비행기 도어가 닫히는 순간 곧 죽을 것 같은 압박감이 찾아온다고 한다. 지금 당장 내리지 않으면 미칠 것만 같은 느낌이라고. 나도 지하철에서 수없이 겪어본 일이라 공감이 갔다. 그런데 가끔은 이미 이륙한 비행기 안에서 공황이 오는 사례들이 발생하기도 한다.

귀항 편 비행기를 받기 위해 게이트에 쇼업했다. 승무원과 수신호를 교환하고 비행기 문을 열었는데 승무원 사무장님이 아픈 손님이 있어서 구급대를 부르는 게 좋겠다는 의견을 주셨다. 어디가 어떻게 안 좋으냐 여쭤보니 일본 손님이라 말이 잘 통하지 않아 자세히는 모르겠다는 대답이 돌아왔다. 다행히도 나는 웬만한 일본어 회화는 가능하기에 용감무쌍하게도 내가 핸들링하겠다며 승객에게 다가갔다.

20대 중후반 정도로 보이는 내 또래 일본인 여성 두 명이었고, 한 명이 거의 쓰러질 듯한 일행을 부축하며 걸어 나오고 있었다. 나는 당장 휠체어가 필요할 것 같아 승객에게 말을 걸었다.

"손님, 휠체어 필요하세요?"

"아뇨, 조금 쉬면 괜찮아져요."

"구급대를 부를까요?"

"아뇨, 아뇨. 정말 괜찮아요."

나는 다른 승객들이 비행기에서 내리는 동안 이 손님을 벤치로 안내했고, 손님은 의자에 몸이 닿자마자 쓰러지듯 옆으로 누워 가쁜 숨을 몰아쉬었다.

아, 공황장애다.

나의 감이 말했다. 왜 그렇게 구급대를 부르는 걸 극구 말렸는지도 좀 알겠다. 공황발작은 의료진이 와도 아무것도 해줄 수 있는 게 없다. 혹시 모를 사태에 대비해 구토용 봉투를 건네주는 것 정도? 공황발작은 그냥 시간이 약이다. 나도 이런 경우가 종종 있었다.

대학 시절, 기숙사 사감실에서 공황발작이 왔던 적이 있다. 그날따라 수업을 듣는데 유독 몸이 좋지 않았다. 너무 어지럽고 토할 것만 같아 잠깐 기숙사에 누워있으려고 수업 중간에 기숙사 열쇠를 받으러 사감실에 들렀다 그 자리에서 그대로 고꾸라지고 말았다. 깜짝 놀란 사감 선생님이 벌떡 일어나 큰 소리로 119를 불렀다. 나는 바닥에서 허우적거리며 "아니…"

혹은 "괜찮…" 따위의 단어를 내뱉었지만 사감 선생님의 목소리에 묻혀 버리고 말았다.

"거기 119죠!! 여기! 여기 학생이 죽어가요! 아이고, 학생! 정신 좀 차려봐요! 학생!!! 아이고오오오오…."

나는 발작이 이는 와중에도 창피함을 감출 수가 없었다. 그리고 119가 도착하는 겨우 5분에서 10분 사이에 멀쩡해져 버렸다. 사감 선생님이 따라주신 따뜻한 물이 담긴 종이컵을 두 손에 꼭 쥔 채 어색하게 의자에 앉아있으려니 구급대원들이 도착해 말했다.

"환자는 어디 있죠?"

나는 멋쩍게 웃으며 곧 죽어간다던 환자가 나였다고 말할 수밖에 없었다. 허무하게 돌아가던 구급대원들의 뒷모습이 뇌리에 오래 남았다. 그 이후로 공황발작이 있어도 나 때문에 괜한 인력이 동원되는 것 같고 조금 있으면 어차피 괜찮아지는데 일을 크게 만드는 게 싫어 누가 119를 부른다고 하면 일단 냅다 반대하고 본다.

그래서인지 지금 이 손님의 상황과 마음이 깊이 이해가 됐다. 조심스럽게 손님에게 초콜릿과 사탕 등이 든 꾸러미를 건넸다. 나는 가방에 항상 간식류를 넣어 다니는데, 발작이 올락

말락 할 때 사탕 같은 걸 물고 있으면 순간적으로 괜찮아지는 것도 같기 때문이다. (과학적인 이론 같은 건 나도 모른다.)

"손님, 이거 단 건데, 먹으면 조금 나아질 거예요."

"아, 감사합니다."

나는 일본 승객들과 함께 벤치에 앉아 다른 손님들이 비행기에서 내리는 모습을 지켜보며 공황장애 승객의 친구처럼 보이는 일행에게 말을 걸었다.

"언제부터 일행분의 몸 상태가 안 좋아지셨나요?"

"도착한다는 방송하고 나서부터인 것 같아요."

"이런 일이 자주 있었나요?"

"아뇨, 저는 처음 봐요."

비행기 공황이 심한 사람은 도어가 닫힐 때, 그러니까 출발하기 직전에 가장 패닉이 심하다고 알고 있었는데 이렇게 도중에 패닉이 오는 경우는 나도 처음이었다. 하지만 공황은 언제 어디서 어느 순간에 터질지 모르기 때문에 무서운 것이다. 그리고 비행기에서 공황장애가 심해지는 사람이라면 같이 비행기를 타보지 않고서야 친구의 공황발작을 목격하는 상황이 처음이긴 했을 것이다.

마침내 모든 승객들이 공항 안으로 이동을 끝내고 운항 승무원과 객실 승무원들이 내리기 시작했다.

"수고하셨습니다."

"수고하세요."

이제는 정말 나가야 할 때인데.

"손님, 이제 저희 나가야 해요. 휠체어는 정말 필요 없으세요?"

"다행히 이제 좀 괜찮아졌어요. 정말 감사합니다."

손님들은 이 말을 남긴 채 게이트를 떠나갔다. 힘없는 발걸음이었지만 부축을 받아 비행기에서 내리던 때와는 달리 멀쩡해 보여 다행이었다.

공항에서 근무하다 보면 비행기라는 특수한 매개체 때문에 공황장애가 두드러지는 사람을 더러 볼 수 있다. 공황발작이 어떤 식으로 일어나는지 궁금한 사람들을 위해 간단히 설명해 보자면, 일단 죽을 것 같은 압박감과 함께 한 바가지의 식은땀이 나고 온몸의 피가 다 빠져나간 것 같은 착각이 일고(온몸의 피가 다 빠져나가 본 적은 없지만 피가 빠져나간다면 이런 느낌이겠구나 싶은… '그런' 느낌인 것이다.) 눈앞이 새하얘지고 가슴이 아플 정도로 심장이 세차게 뛰며 구토감이 드는 경우도 있다. 과호흡 때문에 손발이 굳을 때도 있다.

나는 처음에 이게 공황발작인지 몰라서 심장 검사를 받아보려고도 했었다. 그런데 이게 아주 얄미운 병인 게 뭐냐면 진짜 너무너무 고통스럽고 괴로워서 응급실에 가면 언제 그랬냐는 듯 훌랑 나아 버린다. 구급차라도 타는 날엔 베드에 누워 멀뚱멀뚱 응급실로 옮겨지는 게 수치스러워서 더 고통스러울 지경이다. 헐레벌떡 달려온 간호사와 눈이라도 마주치면 멋쩍은 웃음으로는 커버가 안 된다. 하루는 검사 결과 모든 수치가 정상이래서 이게 좋은 건지 나쁜 건지 약간 억울한 얼굴을 하고 있으려니 교수님이라 불리는 두 분이 오셔서 다음에 내원해서 심장 검사를 받아보라고 하셨다. 그리고 백화점이나 지하철 같이 사람 많은 곳엔 가지 말라고도 하시기에 예, 예, 하고 대답한 뒤에 지하철을 타고 집에 왔다. 지극히 멀쩡한 채였다.

또 공황발작은 사람들이 많은 곳에 가면 일어난다고 알려져 있는데 그건 사람마다 다르다. 나 같은 경우 아무리 사람이 많아도 공항에서 발작 때문에 쓰러져본 적은 없었다. 지하철도 평소엔 괜찮지만, 출퇴근길 지하철은 조금 힘들다. 최근에도 괜찮겠지 싶어 퇴근길 9호선 급행 라인을 탔다가 심박수가 190까지 치솟고 또다시 네발짐승이 되어 계단을 기어오른 적이 있었다. 고통스러운 와중에도 와, 이 정도면 심박수 몇일까? 하고 궁금해서 애플워치를 눌러보게 되는 것은 스마트워치의 좋은 점일까 나쁜 점일까. 스마트워치로 심박수를 확인하고 나면, 보나 안 보나 내 심박수는 변함이 없는데 뭐하러 봤나 싶기도 하고 그거 눌러 볼 시간에 숨이라도 한 번 더 고르겠다 싶다가도 다음이 되면 어김없이 스마트워치를 눌러보게 되는 건 변함이 없었다. 계단을 기어 올라가 신선한 공기를 쐬니 공황은 좀 괜찮아졌지만 답답한 마음은 가시지 않은 채였다. 왜 남들 다 타는 지하철이 나는 이렇게 힘들까?

비행기, 지하철 등은 너무나 편리하고 좋은 교통수단이지만 공황장애가 있어 그것들을 있는 그대로 누리지 못하는 동지들, 약을 먹어도 언제 나아질지 알 수 없어 오늘도 답답함을 호소할 많은 이들에게 이 글을 바치고 싶다.

#술은 #안마시지만 #가끔 #네발짐승이

공황장애 동호회

내가 공항에서 근무할 당시 승객들 사이에서 유행했던 게 두 가지가 있는데 그중 하나는 바로 등산복이었다. 패키지여행을 가시는 부모님 세대들은 목적지를 불문하고 '모오두' 등산복을 입고 오셨다. 그곳이 눈보라 휘날리는 삿포로건 한여름의 동남아건 개의치 않았다. 그 당시 등산복은 한국 어르신들의 패션업계를 주름잡으며 엄청난 붐을 일으키고 있었다.

다른 하나는 뭐냐면 '저 공황장애가 있는데 넓은 자리 좀 주세요'였다. 얼마나 심했냐면 수속하는 직원들에게 공황장애 주의령이 내려질 정도였다. 공황장애가 있다고 하면 넓은 자리로 준다고 다들 어디서 배워온 건지…. 나는 공황 동지들이 이렇게 많은지 공항에 와서 처음 알았다. 물론 진짜 공황장애일 수도 있겠지만 이 많은 사람들이 다 공황장애였으면 비행기를 타는 승객 열댓 명 중 한 명꼴로 공황장애라는 소린데 그럴 리는 없지 않은가?

그러던 중 나와 내 동기들은 끝판왕을 영접하고야 말았다. 공황장애와 등산복을 합쳐 진화한 승객들이 카운터로 내방한 것이다. 패키지여행을 가시는 형형색색의 등산복을 입은 아주머니 승객 여섯 분이었다. 그리고 그날 최종 진화형을 클리어해야 할 모험가는 바로 내 동기 예지였다.

"아가씨! 우리 공황장애가 있어서 그러는데 비상구 자리 좀 줘요!"

"어… 손님, 어느 분이 공황장애가 있으신 거예요?"

"우리 다 있어요!"

"네?"

"우리 여섯 명 다 공황장애 있으니까 비상구 자리로 줘요!"

순간 예지는 당황했다고 한다. 한두 명도 아니고 단체로 공황장애가 있다니? 이것은 산악회가 아니라 공황장애 동호회인 것인가?

"어머나, 고객님! 어떡해요, 공황장애 심하면 비행기 못 타시는데!"

평소 같았으면 매뉴얼대로 질문을 하고 관리자를 컨택해 일을 진행했겠으나 예지가 호들갑을 떨며 승객들에게 한 방을 먹인 데엔 이유가 있었다.

이유 1. 비상구 좌석을 단지 넓은 자리라고 생각하여 본인이 공황장애임을 밝힘과 동시에 비상구 좌석을 요구한 게 모순이었다. 비상구 좌석에 앉으면 비상시 승무원과 함께 다른 승객들의 탈출을 도와야 하는 의무가 있어 공황장애 승객은 안전상의 이유로 거절될 수도 있기 때문이다.

이유 2. 일행 중 한두 명이 공황장애라고 했으면 솔직히 비상구 석은 아니더라도 넓은 좌석을 못 드릴 것도 없었다. 허나, 일행 여섯 명 모두가 공황장애라는 것은 순전히 거짓말임이 분명해 보였다.

이유 3. 진짜 공황장애로 고생하는 사람들이 비행기 한 번을 타기 위해 얼마만큼의 노력을 해야 하는지 잘 알기에 이러한 거짓말이 불편했다.

이유 4. 종종 우리를 '아가씨'라고 부르는 승객들이 있는데 우리는 그 단어를 싫어한다.

이러한 모종의 이유로 인해 예지는 자발적 '넌씨눈'이 되어 '넌 ××, 눈치는 없지만 착한 직원'을 연기하기 시작했다.

"어머나, 많이 불편하시겠어요! 오늘 비행할 수 있으시겠어요?"

"괜찮대도 그러네? 비상구 자리 없어요?"

"죄송하지만 오늘 비상구 좌석은 꽉 차서 불가능하시고요. 귀찮으시겠지만 승객 서약서는 여섯 분 모두 작성해 주셔야 하거든요? 펜 빌려드릴까요?"

비상구 자리 없냐는 물음에 승객 서약서 여섯 장으로 화답하는 순간이었다. 이 경우 승객 서약서는 '승객에게 건강상의 문제가 발생하여도 항공사에 책임을 묻지 않을 것임'을 확인받기 위해 쓰기 때문에 거짓말의 대가가 꽤나 무겁게 느껴졌을 것이다.

"거참…."

원래의 목표였던 비상구 좌석은 물거품이 돼버렸음에도 불구하고 승객 서약서는 써야 했다. 사실 우리 공황장애 없어요, 라고 말을 바꾼다면 비상구 좌석을 위해 거짓말을 한 게 들통이 날 테니까 말이다. 그냥 비상구 좌석 없냐고 물어보시면 될 텐데 굳이 이런저런 거짓말을 들어가며 맡겨놓은 것마냥 비상구 좌석 내놔라 하시니 손님도 거짓말하느라 불편하고 우리도 알면서 넘어가느라 불편했다.

결국 승객들은 울며 겨자 먹기로 서약서를 작성했다. 승객 서약서엔 보통 이름, 연락처, 주소 등을 적게 되어있는데, 쓰는 데 그리 큰 수고가 드는 건 아니지만 없는 병을 만들어내 작성하려니 엔간히(?) 적기가 싫었을 것이다. 심지어 승객 한 분은 사실 자기는 공황장애가 없다고 고백했다.

그리고 예지는 한 명을 제외한 다섯 명의 승객들에게 일일이 시스템으로 게이트 컨택(Gate Contact)을 걸어 놓았다. 게이트 컨택을 걸어 놓으면 해당 승객의 탑승권이 게이트를 통과하며 보딩 기계에 찍힐 때 버저가 울리게 되는데, 이는 탑승 전에 특정 손님을 찾아낼 수 없으니 탑승을 할 때 서약서를 회수하기 위함이다. 그런데 일행 중 한 명에게 대표로 한 장만 받은 것도 아니고 일행 대부분에게 승객 서약서를 받아야 할 일이 과연 얼마나 있을까. 해당 게이트에선 이게 도대체 무슨 일이냐며 예지에게 전화를 걸었고 예지는,

"승객들이 공황장애가 있다고 하셔서요!"

라며 천진난만하게 대답했다.

"하…. 예지야, 그냥 넓은 자리 달라고 하는 거잖아. 이걸 굳이 서약서를 다 받았어?"

"앗, 죄송합니다! 다음부턴 주의하겠습니다!"

예지는 승객들과 해당 게이트 근무자들에게 엿을 먹인 대가로 기나긴 설교를 들어야만 했다. 나는 웬만한 강심장이 아니고서야 할 수 없는 일이라 생각하며 예지의 대담함에 찬사를 보냈다.

그리고 이날 이후 우리 기수는 선배들 사이에서 '관리자 컨택도 없이 마음대로 서약서 받는 애들'로 자리매김했다. 하지만 평소 승객들에게나 선배들에게나 "죄송합니다"를 입에 달고 살던 우리 동기들에게 이번 사건은 대리 통쾌함을 느끼게 해주었고, 우리는 우리들의 영웅을 위해 마음속으로 박수를 보냈다. 뭐 평판이야 좋다가도 나빠지고 나쁘다가도 좋아지는 법 아니겠나.

#엄마 #왜맨날 #똑같은옷만 #입어? #알록달록등산복

지금 나랑 한번 해보자는 건가요?

집에서 막내인 나에겐 친동생이 없는 대신 친동생보다 더 친동생 같은 사촌 동생이 둘 있다. 그중 한 동생이 새벽 일찍 도쿄행 비행기를 탄다기에 전날 인천공항 바로 근처인 우리 집에서 자고 가는 게 어떻겠냐고 제안했다. 동생과 함께 추운 겨울날 영종도 바람을 맞으며 뜨겁고 매운 떡볶이를 먹었다. 다음 날 새벽, 나는 '출근', 동생은 '여행'이라는 각기 다른 이유로 인천공항으로 향했고, 공항 입구에서 우리는 작별 인사를 했다.

그날 나의 듀티는 입구 안내 서비스였다. 입구 듀티는 우리 항공사를 이용하는 손님들에게 셀프 체크인을 안내하고, 체크인을 해온 손님에겐 백 드랍(Bag Drop, 수하물위탁) 라인으로, 셀프 체크인이 되지 않는 노선(주로 미주 노선)은 해당 노선 전용 라인으로 안내하는 역할이었다. 어찌 보면 안내만 하면 되는 쉬운 업무일지도 모르지만 입구 듀티는 공황장애가 있는 나에겐 실로 버거운 업무다.

탑승권을 발부하고 짐을 안전하게 보내주는 역할을 하는 체크인 듀티는 카운터에서 나에게 오는 손님만 차례차례 받으면 되고, 게이트 듀티는 손님들이 한 줄로 질서 정연하게 움직이지만 입구 듀티는 카운터 앞 대기열로 들어가는 진입로에 서서 사방팔방에서 꾸역꾸역 쏟아져 들어오는 손님들을 나 혼자 상대해야 하기 때문이다. 그래도 나는 주인님께 계약서를 바친 노비이기 때문에 노동을 해야 한다. 월급은 공황도 이긴다.

요즘은 시대가 점점 기계화되다 보니 항공사들도 체크인은 손님이 직접 하고, 탑승권과 여권을 들고 오면 가방만 직원이 부쳐주는 식으로 바뀌어 가는 추세였기 때문에 손님이 노 체크인(NO-Check In) 상태로 카운터로 들어오려 하면 카운터 옆 키오스크 또는 모바일로 셀프 체크인을 유도했다. 그리고 이 안내 방식에 불만을 표하는 승객들은 언제나 있기 마련이었다. 그날도 예외는 없었다.

내 업무 시간 전에 입구 듀티를 맡고 있던 직원과 교대를 하고 업무를 시작한 지 채 한 시간도 지나지 않았을 때였다.

"손님, 어디 행 비행기 타십니까?"

"아까 말했잖아요!!"

30대 후반 정도 돼 보이는 이 남자 손님은 이미 뿔이 잔뜩 난 상태였다. 나는 이 손님을 태어나서 처음 보는 데다가 설사 그 전에 본 적이 있다 하더라도 하루에도 수백 수천 명의 얼굴을 보는데 손님의 얼굴이 기억날 리 만무했다.

"죄송합니다. 이쪽으로 들어가십시오."

원래대로라면 셀프 체크인을 유도해야 하지만 불난 집에 기름을 끼얹고 싶지 않아 그를 백 드랍 라인으로 안내했다. 그런데 손님이 백 드랍 라인으로 들어간 지 얼마 되지 않아 입구 쪽에 서 있는 나에게 다시 되돌아오는 것이 아닌가?

"아까 왜 저 '셀프' 백 드랍 쪽으로 보냈어요?"

"네?"

"괜히 거기서 한 시간이나 기다렸잖아요. 오픈도 안 했는데!"

지금 이 말을 들은 내 얼굴을 클로즈업한 화면이 있다면 자막엔 물음표가 가득할 것이다. 왜 거기서 기다리셨어요? 저는 '그냥' 백 드랍으로 안내했는데….

셀프 백 드랍(Self-Bag Drop, 자동수하물위탁)은 승객이 직접 수하물을 부칠 수 있는 서비스다. 우리 항공사가 운영하는 일반 카운터와 항공사들이 공용으로 이용하는 셀프 백 드랍 카운터는 위치가 완전히 다른데, 이 승객은 지금 내가 본인을 오픈 시간도 되지 않은 셀프 백 드랍 카운터로 보냈고, 그 때문에 자신이 한 시간을 그 카운터 앞에서 허비하다 여기로 되돌아왔다는 거였다. 하지만 나는 교대한 지 한 시간도 채 되지 않은 입구 듀티를 하면서 단 한 번도 승객을 셀프 백 드랍 카운터로 안내한 적이 없었다.

"오래 기다리셨겠네요. 어… 그런데 손님, 뭔가 오해가 있으신 거 같은데, 제가 손님을 '셀프' 백 드랍 카운터로 안내해 드린 게 맞나요?"

"제가 똑똑히 기억하는데 그쪽이었어요."

사실 똑같은 유니폼에 똑같은 헤어 스타일을 한 직원들 수십 명이 모여있으면 손님들은 물론 직원인 우리들도 서로의 얼굴을 잘 알아보지 못할 때가 있다.

"제가 손님을 그쪽으로 안내해 드린 기억이 없어서요."

"그쪽이었다니까? CCTV 돌려보면 나올 거 아니에요."

"저희가 개인적인 사정으로 CCTV를 돌려볼 수는 없고요, 손님. 아무래도 오해를 하신 것 같아요."

나는 손님을 더 이상 자극하지 않고 오해를 풀기 위해 최대한 차분하고 이성적으로 상황을 설명해 보려고 했다. 그런데 그때, 손님의 목소리는 한층 더 격앙되어 날아왔다.

"지금 나랑 한번 해보자는 겁니까?"

순간 말문이 턱 하고 막혔다. 하지만 이내 정신을 차리고 말했다.

"아… 그런 뜻으로 말씀드린 건 아니었는데…. 불쾌하셨다면 죄송합니다."

내 사과에 손님도 더는 아무 말도 하지 않았다. 하지만 내가 다른 손님들을 안내하고 있는 사이, 마치 해코지를 끝까지 하지 못해 아쉽다는 듯이 내 얼굴과 명찰을 주의 깊게 노려보고 가는 것만은 잊지 않았다.

그런데 얼마간 시간이 흐른 후, 카운터 관리자님이 나에게 다가왔다.

"만춘아, 셀프 백 드랍 오픈 시간 알고 있니?"

그 손님이 카운터에서 관리자님한테 또 한바탕 성질머리를 드러낸 모양이었다.

"그거 제가 그런 거 아닌데…."

말끝이 흐려지고 목구멍이 뭔가로 차올랐다. 너무너무 억울했다. 내가 하지도 않은 일로 누군가에게 이렇게 미움을 받아야 한다니. 참을 새 없이 눈물이 터져 나왔다. 입구 앞에서 펑펑 울고 있는 나를 관리자님이 화장실로 보냈다. 화장실 한 칸을 차지하고 들어가 울며 생각했다.

'나 그만둬야겠다. 오늘 당장.'

한참을 울고 난 뒤 빨게진 눈을 하고서 다시 카운터 입구로 돌아오니, 관리자님이 나한테 달려와 어린애같이 목소리 톤을 높이며 말했다.

"만춘아! 내가 아까 그 손님 혼내줬어!"

"네?"

"네가 자꾸 자기 셀프 백 드랍으로 보냈다면서, 한 시간 기다렸다고 카운터에서 화내잖아. 실제론 얼마 기다린 거 같지도 않더구먼, 짜식이. 그래서 내가 혼내줬지!"

사실은 죄송하다며, 앞으로 직원 교육 잘 시키겠다며 어르고 달래서 보냈을 게 눈앞에 뻔히 보이는데 내 앞에서라도 이렇게 말해주니 고마웠다. 간달프 같은 현명한 관리자님이 좋았다. 그렇지만 간달프의 지혜로움에도 불구하고 그 손님을 만난 후 내 공황은 더욱 심해졌다. 멀리서부터 다가오는 사람을 보면 긴장이 됐다. 제발 지나쳐 갔으면. 제발 우리 카운터가 아니었으면. 손님이 좀 다가올라치면 나는 소스라치게 놀라며 아무 말도 하지 못했다. 마음이 급격히 쪼그라든 내가 허둥지둥하는 사이, 셀프 체크인을 하지 않은 손님이 그대로 카운터로 들어가는 바람에 나는 선배들에게 단 몇 시간 동안 참 많이도 혼났다.

그렇게 몇 분을 더 입구에 서 있었을까? 갑자기 아까 헤어졌던 사촌 동생의 얼굴이 보였다.

"언니, 이거!"

동생은 내가 언젠가 제일 좋아한다고 말했던 커피를 한 손에 들고 나를 향해 활짝 웃고 있었다.

손님에게 들었던 말, 컴플레인 레터를 받을지도 모른다는 불안감, 나를 옥죄는 공황장애. 그리고 그 속에서 빛나는 커피 한 잔.

동생은 웃고 있었지만 나는 그런 동생에게 마냥 기쁜 얼굴로 웃어줄 수 없었다. 결국 그 뒤로도 계속되는 업무로 인해 제때 마시지 못한 커피는 얼음이 다 녹아 밍밍해져 버렸다. 푹 젖어 쓸모없어진 컵홀더를 버리고 내용물이 훤히 들여다보이는 투명 플라스틱 컵에 든 밍밍한 커피를 마시며, 그렇게 오늘치의 우울을 달래었다. 그리고 '밍밍한 커피'는 이날의 맛이 되어 그 뒤로도 얼음이 녹아 연해져 버린 커피를 마시게 될 때면 나는 항상 이날을 떠올리게 되었다.

안녕, 내 우울한 날의 추억아.

새벽의 이방인

나는 새벽이 싫었다. 기본적으로 밤을 무서워했던 것 같다. 어릴 땐 어느 할 일 없는 외계인이 나를 UFO로 납치해 내가 자는 사이 요리조리 해부를 해본 다음 내 몸뚱이가 필요 없어지면 세렝게티 초원이나 아마존 열대 우림 같은 곳에다 던져놓고 갈 줄 알았다. 머리가 좀 크고 나서부턴 귀신이 무서웠고 불안장애에 걸리고 나서는 새벽의 우울함이 무서웠다. 밤은 나를 집어삼킨다. 혼자 남겨졌다는 생각이 들 때마다 나는 자주 우울하고 괴로웠다.

어릴 적 엄마에게 이런 말을 한 적이 있었다.

"엄마, 나는 밤이 오는 게 싫어! 나는 아침이 좋아!"

엄마는 이렇게 대답했다.

"엄마는 아침이 오는 게 싫은데. 일하러 가야 해서."

지금쯤 엄마는 아침, 저녁이 없는 천국에서 행복하게 살고 있겠지. 나만 또 무한히 되돌아오는 밤을 맞이할 뿐이다.

엄마는 영정 사진을 준비해 두지 않았다. 본인이 말기 암이란 걸 알면서, 3개월 시한부 선고를 받았으면서도 그랬다. 그래서 엄마가 돌아가시고 나서 남은 가족들끼리 부랴부랴 영정 사진을 준비해야 했다. 몇 년 전 가족 행사에서 곱게 한복을 차려입고 찍었던 스냅사진으로 할까 하였으나 초점이 죄다 맞지 않았다. 흐릿하게 나온 얼굴은 영정 사진으로 쓸 수 없대서 할 수 없이 오래전 사진관에서 찍었던 여권 사진으로 대체했다. 엄마는 여행 가서 쓰는 돈이 아깝다며 한사코 해외여행을 거절하다가 돌아가시기 2~3년 전쯤 친척들끼리 곗돈으로 가는 중국 패키지여행을 위해 처음으로 여권 사진을 찍었다. 엄마의 처음이자 마지막 해외여행을 위한 사진이었다. 사진 속 엄마는 머리카락이 없어 기이하게 너비가 넓은 머리띠를 머리카락 대신 쓴 채로 정면을 차갑게 응시하고 있었다.

옷도 평소 엄마가 즐겨 입던 등산복 차림이었다. 나는 그게 못내 속이 상했었다. 엄마도 이런 사진으로는 손님들을 맞이하고 싶지 않았을 텐데.

그래서 나는 나를 보러 올 손님들한텐 예쁜 모습을 보여주기로 다짐했다. 환하고 반짝반짝한 모습을 담아 보여주자. 비싼 사진관에 예약을 해서 증명사진도 아니고 평소엔 쓸 곳도 없는 프로필 사진을 찍었다. 그러니까 가성비 '0'인 사진인 셈이었다. 주변 사람들은 다들 사진이 너무 예쁘다고 칭찬해 주었다. 이 사진이 내 장례식에 걸려 있어도 다들 똑같은 반응을 해주길 바랐다.

나는 물리적으로 사람들과 떨어진 영종도 한켠에 나를 가둬두고 정신적으로 스스로를 옭아맸다. 친구들이 있는 서울로 놀러 가는 건 참 재밌었다. 유명하다는 맛집도 가고 매연도 먹고 그러다 보면 시간이 참 잘 갔다. 시간은 잘 갔으나, 나는 노는 순간까지도 불안했다. 또다시 밤이 오는 섬으로 되돌아가야 했기 때문이다.

밤이 온다는 건, 무수한 밤의 유혹들로부터 견뎌내야 한다는 것이었다. 하루는 크게 상심하여 모든 걸 놓아 버릴까 하였으나 바보 같은 나는 용기가 없어 아무것도 하지 못하고 창

틀에서 내려와 방충망을 닫았다. 그러고 나선 침대에 엎어져 엉엉 울었다. 바보다. 나는 참 바보다.

차 한 대 지나가지 않는 어두운 새벽 거리를 뚫고 출근을 할 때면 참 우울하고 추웠기 때문에 가끔은 복작복작한 서울의 지옥철 출근길이 그리웠다. 지하철에서 그렇게 밥 먹듯 발작을 일으켜 놓고 이제 와서 지하철이 그리워질 줄은 몰랐다. 아마 나는 공황발작보다 새벽의 쓸쓸함이 더 무서웠나 보다.

택시를 타고 출근을 하면 새벽이라고는 믿기지 않을 만큼 수많은 사람들이 공항에 와 있었다. 나는 이 사람들이 어디에서 와서 어디로 가는지, 무슨 일을 하는지 그런 쓰잘데기 없는 것들이 궁금했지만 그런 것들은 안중에도 없다는 표정을 짓고서 이 수많은 사람들에게 여행의 추억 한 칸을 제공하기 위해 카운터에 앉았다.

"손님 여러분, 안녕하십니까. ○○항공 탑승 수속을 시작하겠습니다. 오늘도 저희 ○○항공을 이용해 주셔서 감사드리며 즐거운 여행 되시길 바랍니다. 감사합니다."

그들의 여행이 시작되었음을 알리는 안내 방송이 울리면 카운터 앞은 분주하게 캐리어를 끄는 사람들로 이내 활기가 돌았다. 출국장에 줄이 늘어서고 게이트 앞은 이내 사람들로 떠들썩해진다. 공항 안쪽의 벨트들은 짐을 싣고 바쁘게 쏘다니고, 활주로가 붐비기 시작하니 관제탑에 있는 관제사들도, 계류장에 있는 지상의 근무자들도 하나같이 다리와 손과 입이 바쁘다. 면세점이며 식당 및 카페들도 하나둘 불을 켜고 손님을 맞을 준비를 한다.

서울에서 서쪽으로 40km가량 떨어진 한 섬에서는 유독 한 곳만 눈이 부시게 밝았다. 시간과 관계없이 어디로든 떠나고 도착할 수 있는 곳, 언제나 사람들의 소리가 끊이지 않는 곳. 나는 어쩌면 그 새벽의 와글와글한 밝음이 좋아 공항을 선택했는지도 모른다.

부록
홍만춘의 단편소설

저는 가장 예쁘게 말할 수 있는 지원자입니다

아르바이트를 하러 엘리베이터에 몸을 싣는 순간, 메일이 도착했다는 알림이 울렸다. 그녀는 패딩 주머니에서 허겁지겁 스마트폰을 꺼내 내용을 확인했다. 기다리던 곳에서 보내온 메일이었다.

안녕하십니까. 에어○○ 인사팀입니다.

에어○○ 인천국제공항 채용 서류 전형에 합격하셨습니다. 서류 전형 합격을 진심으로 축하드립니다.

향후 일정은 아래와 같습니다….

지금까지 그녀가 마주해야만 했던 창은 죄다 이런 거였다. 귀하의 역량이 뛰어나오나 제한된 선발 인원으로 인해 모시지 못함을 죄송하게 생각 어쩌고 저쩌고…. 그러나 이번엔 달랐다. 길었고, 감격스러웠다.

그녀는 몇 번째인지 모를 기업 면접 탈락 후 아르바이트를 하나 더 늘렸었다. 지금 엘리베이터를 타고 위로 향하는 스터디 카페가 바로 그곳이었다. 전에 일하던 베이커리에선 아르바이트 한 달 만에 지옥 같은 공황발작이 도져 수습 기간도 다 못 채우고 뎅강 잘렸다. 몇 시간을 닦아도 줄지 않는 접시와 트레이를 닦다가 '심장이 좀 빨리 뛰는 것 같은데… 좀 어지러운데…' 하며 쓰러지고 말았다. 매니저님이 119를 불렀고 손님들은 그녀를 구경하며 웅성웅성댔다. 숨도 제대로 쉬어지지 않아 헐떡대는 그녀를 뒤에 두고 사장님은 손님들의 빵을 계산했다. 이윽고 구급대원들이 도착해 그녀를 들것에 실어 구급차에 태웠다. 그 와중에도 돈이 없다는 걸 인지했던 그녀는 눈물을 머금고 말했다.

"저… 정말 죄송하지만 지갑이 없어서요. 병원 말고 집으로 가고 싶어요…."

구토 봉투를 그녀의 손에 쥐여 주던 구급대원이 조심스레 그녀의 눈치를 살폈다.

"돈이 문제면 진료비가 좀 저렴한 병원으로 데려다줄까요?"

그러나 저렴한 게 문제가 아니라 수중에 가진 돈이 한 푼도 없었던 그녀는 죄송하다는 말을 남긴 채 엉엉 울며 구급차에서 몸뚱이를 내릴 수밖에 없었다. 그리고 그날 저녁 베이커리 사장님에게 그만 나와 줬으면 좋겠다는 전화를 받았다.

베이커리 전에 일하던 피자집에선 '지금 받는 월급이 최저임금보다 못하니 주휴 수당과 야간 수당을 챙겨달라'고 했다가 경영 악화를 이유로 이제 더 이상 아르바이트생이 필요치 않으니 나가 달라는 통보를 받았다. 그 필요 없는 아르바이트생에 사장님이 아끼던 여자애는 제외였다.

평일 오전엔 취업 스터디를 하고 낮엔 백화점 내에 있는 잡화점에서, 저녁엔 옆 건물 고층에 있는 스터디 카페 겸 공유 오피스에서 아르바이트 두 탕을 뛰었다. 이렇게 일하면 하루에 꼬박 6만 원 언저리를 벌 수 있었다. 1주일에 30만 원, 한 달이면 120만 원이었다. 월세가 65만 원이니까 이렇게 두 탕을 뛰어야 겨우 월세와 생활비 구색을 갖출 수 있었다.

그러던 와중에 받은 서류 전형 합격 메일은 물질적으로도 정신적으로도 숨통 트이게 만드는 구멍을 내주었다고 할 수 있었다. 비록 면접에서 떨어지면 바람 빠진 풍선이 될지언정, 당장 그녀의 삶이 너무 팽팽해서 언제 터질지 모르는 일촉즉발의 상황이었기에 반가웠다.

크리스마스와 연말이 가까워져 오는 겨울, 백화점에 오는 손님들은 하나같이 들떠 있었다. 알록달록한 크리스마스 장식들이 여기저기서 그들을 반기며 소비를 권장하고 있었다. 각종 빛깔의 번쩍이는 오너먼트, 빨간 고깔모자를 씌운 케이크, 구석에서 메인 홀로 자리를 옮겨간 와인 매대까지 어딜 가든 연휴 분위기가 흘러넘쳤다. 물론 그녀가 일하는 잡화점에도 크리스마스를 겨냥한 인형이나 잡동사니들이 빼곡히 들어와 있었다.

"저… 점장님."

"네."

"저 다음 주 목요일에 면접이 잡혔는데요. 혹시 그날 알바 빠져도 될까요? 다른 날 땜빵 생기면 제가 할게요!"

"다음 주 목요일이요? 알겠어요. 그럼 주말 알바한테 한번 물어볼게요. 무슨 면접인데요?"

"음, 인천공항 지상직이요."

"그게 뭔데? 스튜어디스예요? 비행기 타는?"

"그런 건 아니고요. 그 왜, 공항 가면 탑승권도 끊어주고 게이트에서 비행기 태워주고 하는 사람들 있잖아요."

"아, 그래요? 잘됐네. 잘 보고 와요."

"네! 감사합니다!"

나름 좋은 일이긴 해도 아르바이트를 하루 빠지면 타격이 꽤나 컸다. 월세를 줄일 수는 없으니 입으로 들어가는 세를 줄여야 했다. 다행히 그녀는 많이 먹는 편은 아니었다. 이걸 다행이라고 해야 하는 건가.

집으로 돌아가는 길에, 그녀는 하아아 하고 긴 입김을 내뿜어 봤다. 겨울은 사계절 중 유일하게 한숨이 눈에 보이는 계절이다. 그녀 나이, 스물여섯의 12월이었다.

'이제 나도 곧 이십 대 후반이구나. 그런데 이뤄 놓은 건 아무것도 없는 것 같네. 회사를 괜히 그만뒀나.'

뜬금없이 일본으로 워킹홀리데이를 가겠다고 잘 다니던 회사 때려치우고 나왔는데 사람 일은 한 치 앞도 알 수 없다고, 일이 이렇게 흘러갈 줄은 몰랐다. 완치된 줄 알았던 엄마의 유방암이 척추를 타고 4기로 번졌다. 그녀는 엄마가 너무 불쌍했고 자신도 불쌍했다. 계획해 놓았던 워킹홀리데이 출국을 취소하고, 비자 및 온갖 비용을 날리고, 새로이 취업 준비를 하고, 1천 자, 2천 자짜리, 30초, 1분짜리 자기소개를 하고, 숨만 쉬어도 돈이 나가는 집에 월세를 바치고, 알바를 하고, 알바를 하고….

그녀는 면접에서 떨어질 때마다 서러워 울었다. 어쩌다 한 번이 아니고 떨어질 때마다 울었다. 면접만 보러 가면 그 회사가 본인의 진가를 알아봐 주고 최종 합격을 시켜주고 그래서 기쁨의 눈물을 흘리고, 부모님과 지인들에게 전화하여 합격 소식을 알리는 그런 꿈을 꾸었기 때문에, 떨어질 때마다 이뤄지지 못한 꿈들이 못내 서러워 청승맞게 굴었다. 그렇게 울고 나서는 다른 회사에 채용 공고가 뜨면 그 회사에 최종 입사하는 꿈을 꾸며 눈물을 떨쳐내고 일련의 청승 의식을 지속했다.

면접 날 아침, 그녀는 이제 자신의 분신이 된 8만 원짜리 칙칙한 회색 패딩에 몸을 꿰고 1층으로 내려가는 엘리베이터에 올라타 거울을 보며 작게 파이팅을 외쳤다. 파이팅, 그 허무하리만치 짧은 한마디가 자꾸만 휘발되어 머릿속으로 되뇌고 또 되뇌었다.

면접장에 들어서자 이미 도착해 있던 사람들이 대기실에 앉아 저마다 파일철이나 메모장을 들여다보며 무언가를 중얼중얼 외고 있었다. 그들은 관객들을 위한 멋진 쇼를 하기 위해 테이블 뒤편에 대기하고 있는 것처럼, 쪽진 머리와 하얀 블라우스와 검정 치마와 검정 구두 차림의 병정들이 되어 이름이 호명될 때마다 불려 나갔다. 네 명이 한 조가 되어 각기 제1면접장 또는 제2면접장으로 향했는데 어느 조로 배정되는지에 따라서도 운명이 바뀔 터였다.

그녀는 대기실 의자에 앉아 입구에서 나눠 받은 명찰을 들여다보았다. 이름 위로 '제1면접장'이라는 글씨가 조그맣게 적혀있었다. 준비해 간 자기소개를 입속에 머금어 보았다. 자기소개는 면접관마다 스타일이 다르기 때문에 각각 15초짜리, 30초짜리, 1분짜리를 만들어 놓았다. 한 번씩 입꼬리를 올려주는 것도 잊지 않았다. 면접 동안엔 웃는 얼굴이 중요하기 때문에 중간중간 얼굴 근육을 풀어줘야 했다. 빙긋 웃는 정도가 아니라 면접관들에게 내 모든 치아를 다 보여주겠다는 열정이 중요했다. 모 항공사에선 활짝 웃지 않는 지원자는 성의가 없다고 생각해 떨어뜨린다는 괴담이 돌기도 했기에 최대한의 '성의'를 보여야 했다. 드디어 그녀의 이름이 불렸다. 그녀는 평소엔 신지도 않을 7cm짜리 높은 구두를 신고 또각거리며 면접장에 들어섰다. 면접관은 두 명의 남성과 한 명의 여성으로 이루어진 임원진이었고 그녀는 D조의 네 명 중 4번이었다.

"그럼 1번부터 자기소개해 보세요."

따로 시간제한에 대한 주문이 없는 경우 30초 자기소개가 제일 무난했다. 한 명 한 명 자기소개를 하는 와중에도 면접관들은 바쁘게 무언가를 휘갈기고 있었다. 그녀는 항상 저게 궁금했다. 도대체 뭐라고 쓰는지. 그녀에게 시간을 멈추는 능력 같은 게 있다면 지금 당장 이 순간을 올스톱 시켜 버린 후 저기에 도대체 뭐라고 쓴 건지 훔쳐보고 싶은 마음이 들었다.

"다음, 4번 지원자."

4번, 그녀였다.

"네. 안녕하십니까. 말을 예쁘게 하는 지원자 4번입니다."

그리고 세 명이 동시에 무언가를 적어대는 소리가 면접장에 서걱서걱 울려 퍼졌다.

"대학 시절 홍삼전문점에서 2년간 아르바이트를 한 적이 있습니다. 아무래도 건강식품이다 보니 연세가 많으신 어르신 고객분들이 많았는데, 당시 저는 서비스업이 처음이었고, 어르신들을 많이 상대하는 일도 처음이었기 때문에 업무 초반에 가끔 당황하거나 대응하기 곤란한 경우가 종종 있었습니다. 예를 들면, 가끔씩 어르신들이 '이거 먹는다고 건강해지는 거 맞냐, 너무 비싸니 좀 깎아줘라'라는 식의 말씀을 하셨는데요. 하지만 점점 시간이 지나면서 응대 방식을 조금씩 몸에 익히게 되었습니다. '규정입니다', '안 됩니다'보다는 '이번에 한번 드셔 보시고 다음에 오시면 제가 사은품 많이 챙겨 드릴게요' 하며 규정에 어긋나지 않으면서도 예쁘게 말하는 방법을 알게 되었고, 그러면서 공손하고 예의 바른 태도도 함께 기를 수 있었던 것 같습니다. 이러한 경험을 바탕으로 에어○○에 입사해서도 예쁘게 말하는 모습 보여드리고 싶습니다."

"네. 잘 들었어요. 그럼 이제 거꾸로 4번부터 자신 있는 외국어로 하고 싶은 말 해볼까요?"

아뿔싸. 제2외국어. 국제공항 업무이기 때문에 외국어가 중요했고 취업 준비를 하며 꾸준히 대비해 왔건만 이번만큼은 새까맣게 잊어버리고 말았다. 심지어 첫 순서였다. 그녀가 할 수 있는 외국어는 십수 년의 주입식 영어교육이 무색한 기초 영어와 덕후식(?) 일본어가 전부였다. 그녀는 순간 머릿속 어딘가에 저장되어 있을 영어 자기소개를 끄집어내 보려고 했다. 내가 저번에 대본을 어떻게 썼더라, 하면서 열심히 뒤져봤지만 좀체 떠오르지 않았다. 그 짧은 순간 그녀는 결단을 내렸다. 영어로 어버버 대답할 바에야 차라리 아무 말이나 지껄이더라도 유창해 보이는 일본어로 하자. 설마 알아듣겠어?

"네. 먼저 저에게 면접 기회를 주셔서 감사합니다. 이 면접장에 들어서기까지 많은 일들이 있었고 저의 모든 것을 이력서 한 장에 다 담아내진 못했지만, 진심은 담겼을 것이라 생각합니다. 저를 좋게 봐주셨다면 이곳에서 신입의 자세로 처음부터 시작해보고 싶습니다."

그녀가 말을 마치자 빨간 안경을 낀 여성 면접관이 싱긋 웃으며 그녀를 한 번 쳐다보았다. 그리곤 그녀의 서류에 알파벳 'O' 비슷한 것을 휘갈겼다. 그 뒤로는 개별 질문이 이어졌다. 보통 다른 면접에선 왜 직종을 바꿔 이 일을 하려고 하는지, 공백기엔 뭘 했는지 등의 질문들이 대다수였는데 놀랍게도 두 중년의 남성 면접관들은 홍삼과 홍삼전문점에 지대한 관심을 보였다. 면접관이 아니라 그냥 가게에 온 아저씨 손님을 대하는 느낌에 그녀도 점점 긴장을 풀고 편해질 수 있었다. 그리고 면접이 끝나갈 무렵 그들이 원하던 게 바로 이런 것이었나 하는 기분이 들었다. 준비한 대답 말고 진짜 고객을 대할 때 그녀의 모습 말이다.

집으로 가는 버스를 갈아타며 그녀는 알 수 없는 뿌듯함을 느꼈다. 그리곤 얼른 스마트폰을 열어 스터디 단톡방에 오늘 본 면접 정보를 공유했다. 처음 그녀가 에어○○ 면접을 본다고 했을 땐 스터디원들 사이에서도 반응이 엇갈렸었다.

'거긴 그냥 ○○그룹 자회사 아니에요? 저 같으면 안 갈래요.'

'그래도 에어○○이 자회사들 중에선 제일 괜찮대요. 저는 좋은 기회인 것 같아요.'

사실 두 반응 모두 이해가 갔다. 그녀조차 그냥 한번 써 보지 뭐, 하고 낸 서류에 이렇게까지 간절해질 줄은 몰랐으니까.

그로부터 1주일이 흘러 면접 결과 발표날이 되었다. 그녀는 스터디 카페 아르바이트를 하는 와중에도 모니터 아래에 스마트폰을 고정해 놓고 계속해서 힐끔힐끔 쳐다보았다. 하필이면 저녁 시간 발표라 긴장이 되어 아침부터 아무것도 목구멍으로 넘길 수가 없었다. 원래 발표되기로 했던 저녁 6시에서 시간이 째깍, 째깍 흘렀다. 7시가 넘었다. 흘끗 보면 2분 뒤였고 억겁의 시간이 흐른 후 다시 흘끗 쳐다보면 5분 뒤였다. 혹시 떨어진 사람한테는 문자가 안 오는 건가 싶어 홈페이지에 들어가 봐도 여전히 그대로였다. 저녁 8시가 넘었다. 이러다 하루 미뤄지는 거 아닌가? 아니면 나만 못 받은 건가? 다른 사람들은 다 받았나? 그녀의 불안이 최고조를 찍을 때쯤이었다.

띠링-

면접 결과가 발표되었으니 홈페이지에서 확인하라는 문자였다. 펄떡펄떡 파들파들 떨어대는 심장을 부여잡고 자리에서 벌떡 일어나 누구도 방해할 수 없는 그녀만의 아지트로 향했다. 화장실 두 번째 칸에 들어가 문을 잠근 뒤 다시 스마트폰 화면을 켰다. 그리고 기어이 그 창을 마주하고야 말았다.

축하합니다.

에어○○ 인천국제공항 채용에 최종 합격하셨습니다.

에어○○와 함께 귀하의 앞날에 많은 발전이 있기 바라며 다시 한번 에어○○ 가족이 되셨음을 축하드립니다.

향후 일정은 아래와 같습니다….

축하합니다….

축하합니다….

그녀가 기쁨의 장소로 선택한 화장실 한 칸은 소리 없는 행복의 함성으로 가득 찼다. 당장 누구에게라도 전화를 걸어 나 합격했다고 소리치고 싶은 마음을 꾹꾹 눌러 담았다.

그녀는 스터디와 아르바이트를 모두 정리했다. 채용 검진을 받고 이상 없음을 확인한 후 이제 손님이 아닌 상주하는 직원으로서 인천공항에 들어설 수 있었다. 모든 게 색달랐고 냄새조차 새로웠다. 이곳에 점차 적응하는 자신이 보였다. 벽돌 같은 매뉴얼 북의 무게, 무서운 관리자와 스케줄 겹치지 않게 빌기, 모자란 기내 서류를 보충하기 위해 버려진 서류가 없나 게이트 회진하기 등등의 것들 말이다. 그녀는 오늘도 공항으로 출근하며 하루의 안녕과 무탈을 기원한다.

'제발 오늘은 아무 일도 없게 해주세요.'

"만춘 씨, 뭐해? 23번 카운터 스탁 좀 빼줘요."

"앗, 네!"

이제 그녀는 공황장애가 있는 공항 직원이 되었다.

2장 | 입국 게이트

나의 세상으로 들어온 것들

Contents

카운터에서 옛 애인을 만나면

참 만나기 싫은 인연들은 잘도 돌고 돌아 나를 찾아오는 것 같다. 공항에서 일하기 시작하고 나서부턴 원치 않던 인연들이 손님으로 곧잘 찾아오곤 했다.

한번은 새벽 비행기 체크인 마무리 중에 마지막 손님으로 전 직장 상사가 찾아왔다. 서로 얼굴을 마주하고 나니 어색함이 몰려들었다. 그 많은 카운터 중 하필 내 카운터를 찾아온 상사가 원망스러웠다.

"만춘 씨? 웬일이야? 만춘 씨 여기 다니는지 몰랐네?"

사실 나는 중간에 업종을 한 번 바꾼 케이스다. 디자인과를 졸업하고 4년간 디자인 회사를 다니다, 못 해먹겠다고 대판 해먹고 나왔는데 공항 카운터를 사이에 두고 직원과 손님으로 전 직장 상사를 마주하게 될 거라고 상상이나 했으랴.

"와! 팀장님, 잘 지내셨어요? 진짜 오랜만이네요! 완전 반갑다!"

물론 거짓말이다. 하나도 반갑지 않다.

"그러게. 못 본 지 꽤 됐네. 말이라도 해주지 그랬어. 난 전혀 몰랐잖아."

정말 친한 사이가 아니고서야 2년여 동안 교류가 전혀 없던 전 직장 상사에게 나 이직했소, 하고 보고하는 멍청이는 세상에 없을 것이다.

"아무튼 우리는 셀프 체크인 해 왔어. 가방만 보내주면 돼."

"가방 더 보낼 건 없으시고요?"

"응, 없어. 이것만 보내줘."

"그럼 짐 빨리 나오는 서비스 달아드릴게요."

"와, 그런 것도 돼? 고마워. 나중에 밥 한번 살게."

"이 택은 도착지 공항까지 잘 보관해 두시고요. 수하물 엑스레이 검사 있으니 주변에서 10분만 대기해 주세요."

"그래, 수고해 만춘 씨. 다음에 꼭 보자."

"네, 팀장님. 한국 들어오시면 봬요."

'다음에 보자', '다음에 밥 같이 먹자'라는 말은 무적이다. 진심으로 다음에 한 번 더 보고 싶은 생각이나 얼굴 마주하고 단둘이 밥 먹고 싶은 생각은 없지만 이도 저도 아닌 어색한 상대에겐 헤어질 때 인사말로 제격이다. '앞으로 너와 개인적으로 연락할 일은 없을 거야'라는 속마음이 내포되어 있지만, 마치 다음을 기약하는 것 같은 말투 덕분에 인정머리 없는 사람이 되지 않아도 되기 때문이다.

나와 팀장님은 이렇게 헤어졌고 그 뒤로 연락을 주고받은 적은 단 한 번도 없었다. 같은 회사에 다닐 때도 따로 만나 밥 한번 먹은 적 없던 상사인데 퇴사하고 나서 둘이 만나 어울리는 건 좀 이상하지 않은가. 그리고 이 생각을 나만 한 건 아니었던 모양이다. 상대방 쪽에서도 연락이 없었던 걸 보면.

공항은 전국에서 사람들이 몰려오는 곳이므로 당연히 옛 인연들을 만나게 되는 경우도 많다. 한 동료는 전 남자 친구가 손님으로 왔는데 마치 '나는 너 때문에 전혀 힘들지 않았다. 나는 너 없이도 이렇게 잘살고 있다. 네가 나를 찼어도 나는 전혀 신경 쓰지 않는다'를 보여주듯 좋은 자리는 물론이고 수하물 무게까지 다 봐주는 만행을 저질렀다고 했다. 이 에피소드는 나중에 동료들 사이에서 두고두고 놀림거리가 되었고 각자 본인의 옛 애인이 손님으로 찾아왔을 때 어떻게 대처할 것인지 기나긴 토론의 장이 열렸다.

나의 경우 상상하는 것만으로도 소름이 돋고 굳이 떠올리고 싶지 않은 사람들이 대부분이지만 왠지 미화된 기억 때문에 미안함만 남은 사람들도 있기에 만약 그들이 내 손님으로 온다면…. 뭔가 해줄 것 같긴 하다. 대신 자리 업그레이드까진 안 되고 수하물 무게 봐주는 정도로만 말이다.

#안돼 #돌아가

당신이 탄 비행기가 인천공항에 도착하기 1분 전

여행을 다녀올 때면, 나는 비행기가 인천공항으로 들어오는 게 싫었다. 인천공항을 출발하는 비행기 안은 여행을 떠난다는 설렘으로 가득하지만 돌아오는 건 언제나 아쉬움이 가득하기 때문이었다. "승객 여러분, 우리 비행기는 곧 인천국제공항에 착륙하겠습니다" 하는 기내 방송은 언제 들어도 섭섭했다. 그런데 비행기가 인천공항에 도착하기 1분 전, 공항에 있는 한 지상 직원이 내가 탄 비행기와 혼신의 레이스를 펼치는 중이라면 어떨까? 그것은 정말 재밌는 상상이지만 때로는 상상이 현실이 되기도 한다.

한창 성수기에 입사한 우리 동기들. 우리는 어느 누구보다 빨리 현장에 투입됐으며 어느 누구보다 열심히 사고를 쳐댔다. 수하물은 애먼 곳에 날아가 있기 일쑤였고 잘못된 안내로 인해 게이트 여기저기를 누비고 다니신 손님도 있었다. 확인해야 할 비자나 서류는 왜 이렇게 많고 계산해야 할 것들은 또 왜 이렇게 많던지. 우리는 선배들 사이에서 이름하야 '악동 기수'로 유명했다.

우리가 하는 일 중의 하나는 인천공항으로 입국하는 비행기를 '받는' 거였다. '받는다'의 뜻은 대충 이런 건데, 먼저 비행기가 게이트로 들어오면 승무원과 지상 직원이 기내 안팎의 상황에 대해 서로 수신호를 교환한다. 이상이 없으면 비행기 문을 열고 승무원에게 특이 사항과 기내 서류를 전달받는다. 비행기 기종에 따라 밖에서 문을 열어줘야 할 때도 있고 안에서 열어줘야 할 때도 있기에 지금 들어오는 비행기가 어떤 기종인지까지 필수적으로 확인해 줘야 했다. 그런 다음 승객들이 비행기에서 내리는 것을 돕고 운항 승무원과 객실 승무원들이 기내를 점검한 뒤 뒤늦게 비행기에서 나오면 승무원에게서 그날의 L/B(Left Behind, 승객들이 비행기에 놓고 간 물건, 잃어버린 물건)를 전달받고 나가면 된다.

때는 내가 교육을 마치고 업무에 투입된 지 얼마 되지 않았을 때의 이야기다. 출국 게이트 듀티(업무) 하나를 마치고 입국 비행기를 받아야 하는 듀티 사이에 대략 한 시간 정도가 비어있었다. 보통 이 정도 텀이 생기면 밥 먹는 시간을 받는다. 일부러 밥 먹을 시간을 고려해 스케줄을 이렇게 짜주기도 했기에 나도 이 시간을 놓치지 않고 밥을 먹으러 갔다. 하지만 비행기 착륙 시간은 정해진 스케줄 타임에서 항상 어긋나기 마련이었다. 게다가 인천공항이 하도 크다 보니 이동 시간만 해도 30여 분은 껌으로 잡아먹기 때문에 우리는 밥을 먹으면서도 비행기가 몇 분쯤 도착할지 몰라 항상 휴대폰에 신경을 곤두세우고 있었다.

예상 도착 시간은 보통 분 단위로 체크하는데 그날도 예외는 없었다. 예상 랜딩 시간이 초 단위로 업데이트되는 공항 앱에 코를 처박고 밥을 먹고 있는데 11시 도착 예정이었던 비행기가 갑자기 10시 45분으로 뜨는 게 아닌가? 당시 시간은 10시 35분 즈음이었다. 설상가상으로 내가 밥을 먹고 있던 위치는 트레인을 타고 넘어 와야 하는 탑승동이었고 비행기 도착 게이트는 제1여객터미널의 가장 후미진 곳에 있었다. 탑승동과 제1여객터미널은 완전히 건물이 달랐다. 그래서 공항에서 운영하는 트레인을 타고 넘어가야만 하는 것이다. 트레인이라도 탈 수 있으니 다행 아니냐, 라고 말할 일이 아니다. 트레인이 올 때까지 기다렸다가 그걸 타고 넘어가서 또 게이트까지 찾아가려면…. 그러니까, 이건 그야말로 건물과 건물을 넘나드는 전력 질주를 예고하고 있었던 것이다.

'좆됐다.'

남은 시간 10분. 평소 승객들이 여행 가는 즐거운 걸음으로 걷는다면 적어도 20분에서 25분 이상은 걸릴 거리였다. 하지만 나는 10분 내로 게이트까지 도착해야 했다. 물론 비행기가 들어오는 시간보다 빨리. 눈앞의 중화제육덮밥을 내 입이 아닌 퇴식구에 쑤셔 넣고 준비된 가방을 낚아채 튀어 나갔다. 캐리어 바퀴 소리가 공항에 요란하게 울려 퍼졌다. 열심히 달리다 보니 눈앞에 계단이 나타났다. 마음이 급했던 나는 헐렁한 구두를 신고 캐리어를 안은 채 허겁지겁 계단을 뛰어 내려가다 그대로 앞으로 고꾸라질 뻔했다.

두근두근. 심장이 뛰었다. 지금 뛰어가면 제시간에 도착할 수 있을까? 그땐 신입이라 공항 내 지리에도 익숙하지 않았다.

"헉… 헉…."

심장이 너무 세차게 뛰어 공황발작이 올 것 같았지만 그 순간만큼은 발작이 무섭지 않았다. 왜냐하면 공황발작보다 이미 도착한 비행기와 수백 명의 승객들을 기다리게 하는 게 더 무서웠기 때문이다.

'미치겠다. ○○번 게이트가 어디지?'

머릿속이 온통 새하얘졌다. 인천공항에 근무하는 신입 사원에게 가장 중요한 업무 요소 중 하나는 바로 공항 내 지리 숙지였다. 지금 내가 있는 2층 입국장은 출국장이 있는 3층처럼 삐까뻔쩍하지도, 친절하게 안내 데스크나 표지판이 붙어있지도 않았다. 감으로 뛸 수도 없는 노릇이었다. 행여나 길을 잘못 들었다간 되돌아 나오는 데만도 한세월이 걸릴 터였다. 결국 나는 직원 유니폼을 입고서 다른 유니폼을 입은 아무 사람이나 붙잡고 ○○번 게이트가 어디에 있는지 물어보는 창피함을 감내해야만 했다. 하염없이 뛰는 와중에도 무전기에서는 자꾸만 나를 찾는 목소리가 들렸다.

"홍만춘 씨, ○○번 게이트 도착하셨어요?"

"지… 헉, 지금 가고 있습니다!"

"위치 어디세요?"

위치가 어디냐니. 인천공항이다, 이놈들아.

"○○번 게이트 근처입니다! 거의 다, 왔습… 니다!"

"지금 비행기 랜딩해서 들어오고 있거든요. 서둘러주세요."

"카피!"

달리면서 문득 무언가 내 옆에서 함께 달리고 있는 느낌이

들어 유리창을 보니 익숙하고도 추레한 실루엣이 보였다. 한 무더기의 게이트 서류 때문에 무거워서 잘 끌리지도 않는 캐리어를 끌고 헐렁한 구두가 벗겨지지 않도록 발가락을 구부려 엉성한 자세로 뛰고 있는, 유리창에 비친 내 모습은 초라하고 한심하기 그지없었다.

그렇게 달리고 달려 마침내 게이트에 도착했다. 앱에 표기된 비행기 랜딩 시간보단 늦었지만, 비행기가 랜딩하고 나서 게이트까지 들어오는 데엔 몇 분가량이 소요되기 때문에 다행히 비행기보다 일찍 도착할 수 있었다. 안도감에 다리가 풀릴 뻔했다. 너무 숨이 차서 벤치에 드러눕고 싶었으나 프로페셔널한 직원은 그러지 않을 거라는 생각에 마음을 고쳐먹었다. 지금 이 상황이 이미 프로페셔널하지 못하다는 것은 앞으로 올 비행기와 승객들은 모를 테니까. 나는 완전 범죄(?)를 꿈꾸며 비행기가 오기만을 기다렸다.

그리고 드디어 나의 애증의 비행기가 게이트로 들어오는 게 보였다. 게이트와 비행기를 연결해주는 브릿지가 연결되자 승무원과 수신호를 교환하고 이상 없음을 확인한 후 비행기 문을 열어 제꼈다. 그날 내가 받은 비행기 기종은 바깥에서 문을 열어줘야 하는 구조였다. 육중한 손잡이를 있는 힘껏 잡아 빼서 돌렸는데 비행기보다 빨랐다는 의기양양함으로 기름칠이라도 했는지 원래 빽빽해야 할 손잡이가 그날따라 부드럽게 사악 돌아가는 느낌이었다.

"특이사항 없습… 어머."

기내 서류를 전달하려던 승무원 사무장님이 멈칫하는 게 느껴졌다. 나는 영문을 몰라 평소처럼, 아니 평소보다 득의양양하게, 마치 달리기 영웅에게 주어지는 전리품이라도 되는 듯이 기내 서류를 받아 들었다.

"넵! 수고하셨습니다!"

그런데 비행기에서 나오는 승객들도 왠지 모르게 나를 보고 키득거리는 것 같았다. 무슨 일인가 싶어 탑승교 유리창을 보니 듬성듬성 삐죽삐죽 머리털이 솟구친 웬 요괴 한 마리가 나를 바라보고 있었다.

'아…. 정말 좆됐네.'

정말이지 '눈썹 휘날리게' 뛰어온 게 자명해 보이는 지저분한 머리카락이었다. 제시간에 비행기를 받았다는 훈장 같은 거라고 생각해 보려 해도 이 요괴 같은 머리카락은 나의 창피함 수치를 덜어주지 못했다.

오늘의 느낀 점 : 자주 '지읒'으로 시작하는 그것을 찾는다는 건, 정신적으로도 신체적으로도 몸에 해롭다는 뜻이다.

연예인 A씨, 이 여권으론 탑승하실 수 없습니다

굳이 보려고 애쓰지 않아도 국내에서 연예인을 많이 볼 수 있는 곳을 꼽아보라면 개중 하나는 바로 공항이 아닐까? 나도 애쓴 적은 없지만 인기 아이돌부터 배우, 모델, 개그맨, 스포츠 선수까지 참 많이도 보았다.

한번은 내 담당 게이트에 해외 촬영을 주로 가는 방송 촬영팀이 탑승한 적이 있었다. 그날은 스태프 몇 명과 메인급 출연 연예인 한 명이 같이 가는 모양이었다. 편의상 해당 연예인을 A라 지칭하겠다.

게이트에서 출국 업무 일지를 작성하던 도중 나는 승객 서약서가 물려있는 한 승객이 있다는 걸 알아차리게 되었는데 그 사람이 바로 A였다. 체크인 카운터 직원이 A에게 서약서를 받고 시스템에 올려놓은 것이었다. 이유는 '여권 훼손'이었다. 여권 훼손으로 인한 승객 서약서는 보통 '이미 승객의 여권이 훼손되어 있었기에 해당 국가에 입국이 거절되어도 우리 항공사는 책임이 없습니다'를 확인받기 위해 쓴다. 해외라면 촬영 때문에라도 옆집 드나들 듯이 다녀서 이런 쪽은 거의 전문가 수준일 텐데, 충분히 알 만한 사람이 여권 훼손이라니! 어떤 식으로 훼손되어 있는지 너무너무너무 궁금했다! 궁금해서 미치고 팔짝 뛸 노릇이었지만 '왜 그런지 궁금하니 여권 좀 보여주시겠습니까?' 하고 나설 수는 없지 않은가? 심지어 그 당시 나는 막내 직원이었다. 아쉽지만 하나도 궁금하지 않은 척해야만 했다.

"고객님, 카운터에서 서약서 하나 작성하셨죠? 저희한테 주시면 됩니다."

"아, 그거 잃어버렸어요."

"그럼 새로 한 장 작성해 주시겠습니까?"

"싫습니다. 저는 그런 거 작성 안 할 거예요."

그러자 옆에 있던 막내처럼 보이는 방송 스태프 한 명이 마치 '그거 저한테 있는데… 어떡할까요?'가 연상되는 표정으로 A를 쳐다보았다. 애초에 서약서는 탑승권에 스테이플러로 고정해 놓았을 텐데 서약서만 똑 떼서 잃어버린 것도 말이 안 됐다.

나는 '제발 해결해 주세요'라는 의미를 팍팍 담아 최대한 난감하다는 표정을 지으며 내 게이트 담당 매니저님을 돌아보았다. 우리 매니저님은 게이트 입구를 지키는 수문장처럼 근엄하게 A에게 말했다.

"고객님, 작성하셔야 비행기 탑승하실 수 있습니다."

"싫다니까요? 저는 제 이름으로 그런 거 남기는 걸 굉장히 싫어하는 사람이에요. 그리고 애초에 왜 이게 여권 훼손이냐고요."

하며 A는 자신의 여권을 보란 듯 펼쳐 보였다. 여권엔 웬 고래 도장 하나가 떡 하니 사증 페이지 한 면을 가득 메우고 있었다. 매니저님은 귀여운 고래에게조차 단호했다.

"손님, 이거 출입국 도장 아니죠?"

"당연히 아니죠."

"이런 관광지 도장은 여권에 찍으시면 안 돼요. 이런 사소한 걸로도 여권 훼손이 인정될 수 있어요."

"저는 이 도장 찍고도 1년을 넘게 다른 나라를 왔다 갔다 한 사람이에요. 이게 훼손이라면 이때까지는 왜 문제없이 출입국이 가능했냔 말이에요."

"모든 출입국 심사 직원들이 관광지 도장을 여권 훼손으로 간주하진 않지만 그렇지 않은 경우도 종종 발생하기 때문에 저희가 서약서를 받는 겁니다, 손님."

"글쎄, 나는 이런 거에 서명 안 할 거라니까요?"

또다. 무한 도돌이표.

이 실랑이는 좀체 끝날 기미가 보이지 않았다. 그러다 결국 일이 터지고야 말았다.

"그럼 나는 이 비행기 안 타겠어요."

옆에 있던 스태프들의 싸한 정적이 우리에게까지 전달되었다. 최악의 상황이 오고야 말았다는 분위기였다.

"그렇게 원하시면 손님 편하신 대로 해드려야죠."

아, 우리 매니저님도 화가 날 대로 났다. 왠지 말투에서 이모티콘 '^^'가 보이는 듯했다. 이름하야 '웃으며 엿 먹이기'를 시전 중이신 거다.

"애초에 나는 이 비행기 타려고도 안 했어요! 막내가 실수로 예약을 잘못하는 바람에 이렇게 된 거지."

매니저님과 A는 서로 분이 안 풀리는지 씩씩거렸고 옆에 있던 우리 직원들과 방송 스태프들은 둘의 눈치를 살피느라 여념이 없었다.

"저는 다른 비행기 타고 갈 거니까 여러분들은 이거 타고 먼저 가 있으세요."

스태프들에게 말하며 A가 탑승구를 떠나려 하자 매니저님이 말했다.

"손님, 어디 가세요. 밖으로 나가시려면 직원 동행하에 가셔야 해요. 혼자서는 못 가세요."

결국 스태프만을 태운 비행기가 기어코 게이트를 떠나버렸고 그는 탑승구를 등지고 서 있었다. 추측해 보건대 어서 이 불편한 상황이 끝나기만을 바라고 있었을 것이다.

"만춘 씨, 다음 게이트 있어요?"

"아뇨, 없습니다!"

"그럼 만춘 씨가 A씨 오프로드 처리 좀 해줘요."

"예? 제가요?"

'오프로드(OFF-LOAD, 역사열)'는 어떠한 사유로 인해 비행기에 탑승하지 못한 사람을 직원 동행하에 보안 구역이 아닌 일반 구역으로 다시 데리고 나오는 절차를 말한다. 말로는 쉬워 보이지만 세관과 법무부 등에 들러 제출하고 확인받아야 할 서류들이 많아 생각보다 오래 걸린다.

그런데 연예인 A의 오프로드를 내가 맡게 되다니? 식은땀이 났다. 잠깐 A를 기다리게 한 뒤 오프로드에 필요한 서류 작성을 끝마쳤다. 크나큰 인천공항에서 연예인 A와 단둘이 오프로드라니. 평소라면 충분히 꿈꿔볼 만한 상황이었을 것이다. 하지만 현실 속 A와 나는 안전거리를 유지한 채 아무 말 없이 뚜벅뚜벅 걷고 있었다. 아까보단 화가 많이 누그러졌는지 A가 내게 말을 걸어왔다.

"이런 것도 여권 훼손에 해당하는지 몰랐네요."

"저도 여기 입사하기 전까진 몰랐어요. 심지어 여권에 낙서하고 오시는 분들도 많아요."

"전에는 이 도장을 찍고도 여기저기 많이 다녔었거든요. 그 사이에 규정이 바뀌었나 봐요? 항공업은 워낙 규정이 자주 바뀌잖아요."

"규정이 바뀐 건 아니지만 입국이 거절되는 사례가 왕왕 있어서요."

감정이 누그러진 A는 놀랄 만큼 점잖았고 항공업에 관한 지식도 풍부해 보였다.

A와 내가 이런저런 이야기를 나누며 오프로드를 진행하는 사이 공항 사무실에 우리 매니저님과 연예인 A의 촬영팀이 한바탕했다는 소문이 파다하게 퍼진 모양이었다. 더 높은 직급의 매니저님이 사색이 된 얼굴로 부리나케 우리가 있는 곳으

로 뛰어오고 있는 걸 보니.

"어? 안녕하세요."

"아, 네…. 오프로드 중이라고 들어서요. 도와 드리려고 왔습니다."

고객 응대는 자연스레 매니저님의 몫으로 넘어갔고 나는 안도의 한숨을 내쉬었다. 이미 기분이 바닥인 손님을 오프로드라는 더 안 좋은 상황으로 내몰기 위해 협심하는 과정은 그리 유쾌하지 않았기 때문이다. 그런데 사무실에 소문이 대체 어찌 난 것인지 다른 선배 한 명도 우리가 있는 쪽으로 뛰어오는 게 아닌가?

"엇? 안녕하세요!"

"안녕하세요. 만춘 씨 오프로드 중이라니까 관리자님이 저더러 같이 하라고 하셔서요."

이번엔 관리자님의 호출까지 받은 모양이다. 그게 그거 같지만, 매니저와 관리자가 따로 있다. 아무래도 관리자님은 햇병아리 같은 내가 A를 잘 핸들링하지 못할 거라고 생각하셨던 게다. 어쨌든 그런고로 나와 선배와 매니저님 무려 세 명이 승객 한 명을 오프로드 하는 초유의 사태가 발생하게 되었다. 보통 오프로드는 직원 한 명이 여러 명의 승객을 한꺼번에 인솔하기 때문에 지금처럼 직원 셋, 승객 하나의 형태는 좀처럼 보기 드문 게 사실이었다.

우리가 첫 번째로 들러야 할 곳은 세관 카운터였다. 카운터에 필요한 서류를 제출하고 면세품 등을 반출하는 사람이 없는지 확인받아야 한다. 세관 직원은 건네받은 서류를 확인하더니 고개를 들어 우리를 다시 한번 쳐다보았다. 왜 직원이 셋이나 왔냐는 물음표 띤 얼굴과 함께.

"손님이 한 명이에요?"

"네, 그렇습니다."

세관 직원은 카운터 밖으로 얼굴을 빼꼼 내밀어 승객의 얼굴을 확인하더니 이내 곧 이해했다는 표정으로 서류를 마저 정리하기 시작했다. 연예인이 VIP 같은 대접을 받는 걸 이미 여러 번 본 모양새였다.

그다음으로 들른 법무부에서도 어김없이 똑같은 질문이 날아들었다.

"손님이 한 명이에요?"

"네. 맞습니다."

법무부 직원은 고개를 숙이고 서류 속 손님의 이름을 한 번, 그리곤 고개를 들어 손님의 얼굴을 한 번 확인하고선 이내 고개를 끄덕였다. 이렇게 우리는 세관, 법무부, 보안 검색대 등 들르는 곳마다 승객이 한 명이냐는 질문과 함께 (그리고 뒤따라온 연예인 A를 보곤 곧 이해했다는 표정과 함께) 무사히 카운터가 있는 일반 구역으로 되돌아 나올 수 있었다.

"수고 많으셨습니다. 오늘 비행기 못 타셔서 어떡합니까. 촬영 가시는 거 아니었나요?"

매니저님은 노련하게 A의 사정을 이해한다는 듯이 말을 걸어 상황을 풀었다. 사실 이 매니저님은 평소 직원들 사이에서 '로보트'로 유명했는데, 나는 이 매니저님이 이렇게 젠틀하고 다정한 말투를 구사할 수 있는지 처음 알았다. 다정한 로보트와 감정이 누그러진 A는 그때부터 마치 서로서로 누가 더 젠틀할 수 있는지 시합하는 것 같았다.

"맞아요. 사실 비행기 타는 것부터 찍으려고 했었는데요. 긴급 여권 만들고 가려면 오늘 저녁에나 출발할 수 있겠네요. 하루치 촬영분 날리는 것 정도야 늘상 있는 일이죠."

"지금 가시려는 노선이 워낙 여권 훼손에 엄격한지라. 이해 좀 부탁드립니다."

"당연히 그래야죠. 이번 기회에 저도 많이 배웠습니다."

"아닙니다. 별말씀을요. 여기 계시면 부치셨던 수하물은 저희가 찾아다 드리겠습니다."

"아, 인천공항에 긴급 여권 만드는 걸 도와줄 수 있는 지인이 따로 있어서 움직이면서 통화를 좀 하려고요. 제 번호를 드릴게요."

A는 개인 연락처를 우리에게 선뜻 건넸고 우리는 A에게 가방을 찾아다 주겠다 약속하며 헤어졌다.

드디어 넷이 만난 이후 처음으로 직원들끼리 있는 시간이 됐다. 매니저님은 혹시나 A가 해외 촬영지에 도착해 우리 항공사에 대해 안 좋은 식으로 인터뷰하지는 않을까 걱정하는 듯한 눈치였다. 아무튼 A의 오프로드 된 캐리어 하나를 직원 셋이 애지중지 배달해주는 진풍경을 다들 봤어야 하는데 참으로 안타깝다.

결국 A는 다른 항공사의 비즈니스 클래스를 예약했고 그 뒤 촬영분은 우리도 보지 않아서 A가 우리에 관한 얘기를 방송에서 했는지 어쨌는지는 아직도 모른다. 굳이 몇 년 전 방송분을 찾아볼 여력도 없고 말이다.

아직도 TV에서 A를 볼 때면 그때 생각이 나 피식 웃음이 난다. 요즘 방송 잘 보고 있습니다. 그런데 실물이 더 나으시네요, 진짜로.

#화면발 #잘 #안받으시나봐요

수수료 도둑

"만춘 씨, 가족 일행 오프로드(OFF-LOAD, 역사열) 좀 해줘요."

"네, 알겠습니다!"

평소와 같은 업무, 평소와 다를 바 없는 평범한 날이었다. 어떤 사유인지는 모르겠으나 비행기에 탑승하지 못한 어떤 평범한 가족을 평범하게 안내해 나오면 되는 일이었다.

"안녕하세요. 오늘 제가 카운터 앞까지 모셔다드리겠습니다."

"네."

"혹시 구매하신 면세품 있으실까요?"

비행기를 타지 않고 다시 일반 구역으로 되돌아 나올 경우, 구매했던 면세품은 전부 환불해야 한다.

"없어요."

엄마, 아빠, 아들, 며느리. 유난히 말이 없는 가족이었다. 비행기를 놓쳐 실망스러울 법한데도 그 흔한 불평 한마디 하지 않았다. 세관 카운터, 법무부 등 차례차례 오프로드 절차를 밟을 때에도 가족들은 의연한 태도를 유지했다.

나는 이 의연한 가족들에게 어떻게든 도움이 되는 조언을 해주고 싶어졌다. 평소의 나라면 조언을 해준답시고 승객들에게 미주알고주알 이런저런 얘기를 떠들어대지 않았을 것이다. 왜냐하면 비행기를 타지 못한 실망감과 여러 금전적인 문제 때문에 승객들의 기분이 말도 안 되게 다운되어 있어서 좋은 대답이 돌아오지 못할 것이란 걸 알고 있었기 때문이다. 그러나 이 가족들은 도와주고 싶은 마음이 들게 하는 분위기를 팍팍 풍겨댔으므로 나는 참지 못하고 입을 털고야 말았다.

"고객님, 어쩌다가 비행기 놓치게 되신 거예요?"

"보안 검색대 줄이 너무 많이 밀렸어요. 한 시간 넘게 기다린 거 같아요."

"어머, 요즘 성수기라 줄이 많이 길죠. 그러면 여행은 어떻게 하세요? 오늘 오후 비행기로 다시 출발하시나요?"

"카운터에서 안내해 주는 거 들어보고 결정하려고요. 수수료 문제도 있고."

"혹시 비행기 예약은 저희 홈페이지에서 하신 건가요? 아니면 여행사 통해서 하셨나요?"

"아마 인터파크에서 한 거 같아요."

"아휴, 어떡해요. 저희 홈페이지나 고객센터로 예약해 주신 게 아니라면 카운터에서는 환불 진행이 불가능합니다. 여행사마다 수수료 정책이 달라서 저희가 티켓을 건들 수가 없거든요."

"네? 그럼 어떻게 해야 해요?"

"지금 상황에선 인터파크에서 환불 진행하시고 새로 비행기 티켓을 구매하시는 게 최선일 것 같습니다."

이 가족들이 환불을 진행할 때 갑자기 닥칠 상황에 당황하지 않도록 친절하게 설명했다고 생각했는데 돌아오는 반응은 예상외의 것이었다.

"지금 그게 저희한테 할 말이에요?"

"네?"

"지금 저희한테 해줄 말이 그것밖에 없냐고요."

"아··· 저, 그게···."

"나 참, 어이가 없어서."

당황한 나머지 얼굴이 시뻘게지고 말았다. 나는 내 나름대로 도움을 주고자 환불 규정을 설명해 준 것인데 그게 승객들의 심기를 건드려 버릴 줄 몰랐다. 순식간에 내 머리끝까지 열이 오르는 게 느껴졌다. 화가 나서가 아니라 당황스럽고 부끄러워서.

"저, 저는 현실적인 조언을 해 드리고 싶어서 그렇게 말씀드린 건데 부, 불쾌하셨다면 죄송합니다."

당황스러운 나머지 말까지 더듬어 버렸다. 얼마나 바보처럼 보였을까.

"됐어요."

법무부의 일 처리를 기다리는 내내 우리 사이엔 긴 적막감만이 흘렀다. 그들은 그 이후로 의연함을 잃고 다소 퉁명스러운 태도로 돌변했다. 오프로드를 담당하는 직원(나)은 법무부 오프로드 대장에 승객들의 여권 정보와 비행기를 타지 못한 사유를 간단히 적어 내야 하는데 우리는 통상 '지각'이라고 적는다. 면세품을 받느라 늦었든 게이트를 착각해서 늦었든, 어찌 됐든 그게 바로 '지각'이니까. 그런데 내가 지각이라고 적는 게 마뜩잖았는지 옆에서 본인들은 왜 지각이 아닌지 나와 법무부 직원에게 설교를 하기 시작했다.

“아니, 우리가 늦고 싶어서 늦었냐고요. 짐 부친 시간 보면 아시겠지만 우리가 절대 늦은 게 아니거든요. 셀프 체크인, 셀프 백 드롭하고 남들보다 빠르게 들어오려고 했는데 보안 검색대 줄이 너무 길어서 비행기를 놓친 것뿐이에요. 이건 지각이 아니라고요.”

그게 지각이에요, 라고 말해주고 싶었지만 괜스레 승객들의 화를 돋울 것 같아 꾸욱 참았다. 하지만 카운터 앞까지 되돌아 나오는 동안 승객들의 툴툴거림은 한층 거세어졌다. 대개 취소, 환불 등 금전 관련 문의는 최고참 선배가 있는 발권 카운터로 안내했기에 나는 승객들을 발권 카운터 앞에 모셔다드리고 부치셨던 캐리어를 찾아오겠다며 재빠르게 수하물을 찾으러 내뺐다. 당시 카운터 최고참 선배에겐 죄송했지만, 그 손님들에게서 잠시나마 떨어질 수 있어 다행이라는 생각뿐이었다.

총 100킬로그램에 육박하는 캐리어 4개를 한 카트에 올리고 1층에서 3층을 왔다 갔다 하느라 팔이 빠질 것 같았지만 조금 전의 말실수를 만회하고자 헐레벌떡 카운터 앞까지 내달렸다. 혹여나 내 말 때문에 기분이 나빠진 승객들이 최고참 선배 앞에서 화라도 내고 있으면 어쩌지? 그런데 정작 도착한 카운터 앞은 예상외로 조용했다. 승객들은 그저 말없이 카운터 옆

벤치에 팔과 다리를 꼬고 일렬로 앉아 있을 뿐이었다.

"고객님, 고객님들 캐리어 맞는지 확인 한 번만 해주시겠어요?"

"…."

그들은 가타부타 말없이 나를 노려보기에 여념이 없었다.

"고객님?"

"예, 맞네요."

그들은 자신들의 짐을 챙길 생각이 조금도 없어 보였고, 나는 할 수 없이 손님들이 팔짱을 끼고 앉아있는 벤치 앞에 무릎을 꿇고 카트에서 하나하나 캐리어를 내렸다. 당연히 무거웠다. 갑과 을이 된 것만 같은 굴욕적인 기분이 들었지만 사실 할 말은 없었다. 난 을이 맞았으므로.

"여기 당신네 항공사 사무실이 어디죠? 카운터에서 얘기하려고 했는데 말이 안 통하네요. 사무실로 가야겠어요."

사무실 위치를 안내해줘도 될지 망설여졌지만 안내해 주지 않겠다면 뭐 어쩌겠는가. 내가 이 일을 해결해 줄 수 있는 것도 아니고….

"아… 이 앞에서 에스컬레이터 타고 2층으로 내려가서 좌측으로 가시면 됩니다, 손님."

후에 들리는 얘기는 정말 가관이었다. 그 고객들은 우리 항공사 사무실에 찾아가, '너희가 알아서 환불하라고 했던 못된 직원들을 처벌해 줄 것'과 동시에 '왜 본인들은 수수료를 부담할 수 없는지' 일장 연설을 늘어놓았다고 한다.

그런데 자세히 들어보면 그들의 요구는 하나로 통하고 있었다. 비행기 출발 당일 취소·환불 건임에도 불구하고 수수료를 하나도 빼먹지 않고 전체 환불을 가능하게 해줄 것. 결국 못된 직원을 처벌해 달라던 것도 다 수수료를 돌려받기 위해 깔아놓은 빌드업이었다. 그들이 말하기를, 수수료도 내줄 수 없고 너희가 알아서 환불하라는 식의 날강도짓을 거행했고 본인들의 여행을 망칠 뻔했으니 위자료 개념으로라도 당장 수수료를 내놓아라, 하는 것이었다. 우리는 순식간에 무고한 승객들에게 수수료를 빼앗은 '수수료 도둑'이 되어있었다. 이쯤 되면 수수료 도둑이 승객들인지 우리인지도 헷갈릴 지경이었다.

그리고 억울함에 가득 찬 카운터 고참 선배의 얘기를 들어보자면, 그 승객들보다 훨씬 늦은 시각에 카운터에서 짐 부치고 들어가신 승객들은 다 탑승하셨는데 왜 유독 그 승객들만 보안 검색대 줄이 길었다고 우겨대는지 이해할 수 없다고 했다.

승객들에게 상처를 준 일로 잠시간 미안해했던 나 자신, 승객들 앞에서 무릎을 꿇고 캐리어를 꺼내던 나 자신이 순식간에 초라하고 한심해졌다. 이럴 줄 알았으면 미안해하지 말고 규정이나 펑펑 설명해 줄 걸 그랬다. 우리 쪽에서 환불은 불가능하니 인터파크에서 알아서 환불하시라고! 인터파크에서! 환불하세요! 인터파크 고객센터에 전화하시라고요! 인. 터. 파. 크!라고 말할 걸 그랬다.

왜 이런 건 항상 지나고 나서야 생각나는지. 여러모로 억울한 하루가 아닐 수 없다.

연락처 좀 주시죠

"손님, 비상구 좌석은 어떠세요?"

"주시면 제가 감사하죠."

당시 나는 마카오행 비행기를 체크인하는 중이었다. 해당 비행기는 예약률도 높았을 뿐만 아니라 체크인 중이었던 손님이 체격 다부져 보이는 40대 중후반의 남자분이라 먼저 비상구 좌석을 제안했다. 손님도 기쁜 마음으로 받아들였고, 아무 문제 없이 체크인이 완료되나 싶은 순간이었다.

"게이트 17번입니다. 안녕히 가십시오."

"명함 한 장만 주시죠."

엥? "How are you?" 하면 "I'm fine, thank you. And you?"가 나와야 하고, "감사합니다, 안녕히 가세요" 하면 "감사합니다" 또는 "안녕히 계세요"가 나와야 하는데?

"명함이요? 저희는 명함이 따로 없어서요."

"그럼 연락처 좀 적어주세요."

"무슨 일 때문에 그러세요?"

"그건 나중에 아시게 될 거예요."

나는 업그레이드해줘서 고맙다는 칭송 레터라도 써 주려나 보다 싶어 멍청하게도 연락처가 적힌 종이를 건네고 말았다. 칭송 레터에는 연락처가 필요 없다는 정상적인 사고방식은 레터에 눈이 멀어 제대로 작동하지 못했다. 왜냐하면 한 선배에게서 "만춘 씨는 가만 보면 엄청 친절한데 왜 칭송 레터는 한 번도 못 받지?"라는 말을 들은 뒤로 정말 레터에 눈이 멀어버렸기 때문이다. 또 나와 족히 스무 살은 차이 나는 아저씨가 나에게 사심이 있을 거라곤 터럭만큼도 생각지 못했기 때문이기도 했다.

혹시나 올라올지도 모를 칭송 레터를 설레는 마음으로 기다렸지만 시일이 흘러도 레터는 올라올 기미가 없었고 나는 점점 이 손님의 존재에 대해 잊어가고 있었다. 그로부터 며칠 후 출근길 전철을 기다리며 벤치에 앉아있는데 모르는 번호로 전화가 왔다. 회사 사람이겠거니 싶어 아무 의심 없이 전화를 받았다.

"네, 홍만춘입니다."

"아… 홍만춘 씨… 맞으세요?"

처음 들어보는 주저하는 듯한 목소리에 내 예상이 틀렸음을 깨달았다.

"네, 맞습니다. 누구시죠?"

"저 기억나세요? 그때 공항에서 만춘 씨한테 체크인 받았었는데… 마카오 갔던 ○○○라고 합니다."

"아…! 네, 기억납니다. 그런데 무슨 일 있으셨나요?"

"아뇨, 그런 건 아니고요. 덕분에 잘 다녀왔다고 말씀드리고 싶어서요. 방금 귀국했습니다."

"그러시구나. 다행이네요."

가끔 공항 내에서 지갑이나 귀중품 등을 잃어버린 손님에게 서비스 차원에서 해당 물품을 찾아드리면 개인 번호로 감사하다는 연락이 오기도 했다. 나는 전화 기능이 구비된 무전기를 쓰는 것이 익숙지 않아 그냥 내 손에 익은 개인 휴대폰으로 손님들한테 마구 연락하고 다니기 때문에 이 경우도 그다지 이상할 건 없다고 생각했다.

"그래서 말인데요, 오늘 출근하시나요?"

"네, 그런데요?"

"다름이 아니라요, 제가 맛있는 식사 한 끼 대접해 드리고 싶어서요."

어? 어어…? 그런데 이건 좀 좇된 거 같은데…?

"제가 마카오 가서 만춘 씨 선물도 사 왔거든요."

"네…?"

"죄송해요. 제가 지금 너무 떨려서 말이 잘 안 나오네요. 오늘 출근하시면 제가 공항에서 기다릴 테니까 같이 식사하러 가요."

"아, 저… 말씀은 감사하지만 거절해도 괜찮을까요?"

"부담가지진 마시고요! 친오빠처럼 편하게 생각하세요."

난 어릴 때부터 오빠 로망이 있어서 엄마한테 항상 오빠를 낳아달라고 조르곤 했었다. 누군가 나에게 형제자매관계를 물어보면 "언니는 두 살 많고요! 오빠는 아직 안 태어났어요!" 라고 대답하곤 했었다. 그런데 엄마랑 비슷한 나이의 오빠를 바란 건 아니었다고.

"죄송해요. 제가 지금 출근을 해야 해서요…."

"아아, 그러시구나. 그러면 퇴근길에 제가 다시 전화드릴게요."

어떻게 하면 기분 나쁘지 않게 거절할 수 있을까 고민하는 사이 어영부영 전화는 끊겼고 혹시나 퇴근길에 정말로 전화가 올까 봐 그대로 차단 버튼을 꾸욱 하고 눌러 버렸다. 오늘 귀국하자마자 전화했다고 했으니 혹여나 이따가 공항 카운터로 찾아오면 어떡하나 하는 쓸데없는 걱정으로 하루를 낭비했고 나는 내 정신머리 없음과 바보 같음을 질책하며 다시는 손님들에게 개인 번호를 뿌리고 다니지 않으리라 다짐했다.

강아지는 죄가 없다

때는 내가 제주도 국내선 파트에서 파견 근무할 당시의 일이다. 국제선에선 강아지를 데리고 비행기에 타려면 준비해야 할 서류가 한두 가지가 아니지만 국내선은 국제선과 다르게 서류를 준비하지 않아도 되었다. 그저 허용량을 넘지 않는 강아지 무게와 강아지 케이스, 일정 서비스 비용만 지불하면 됐다.

일이 터진 건 어느 비 오는 가을날이었다. 한 손님이 강아지를 안고 카운터로 내방했다. 강아지를 데리고 비행기를 타는 승객들은 대부분 사전에 해당 서비스를 신청하고 오지만 시스템엔 이 손님이 강아지와 함께 타겠다는 아무런 정보도 들어가 있지 않았다.

“손님, 혹시 강아지 데리고 타실 건가요?”

“네.”

“다음엔 고객센터나 홈페이지에서 서비스 신청하고 오시면 편하실 거예요. 오늘은 여기서 처리해 드릴 건데 시간 좀 걸릴 수 있어요.”

강아지를 기내에 데리고 탈 때는 객실 승무원에게도 해당 사실을 꼭 알려줘야 한다. 보통은 시스템상에서 기내 서류로 프린트하여 전달하기 때문에 시스템에 입력이 되어있어야 하는데 당일 공항에서 입력하려면 아무래도 일반적인 체크인보다는 시간이 좀 더 걸리는 게 사실이다.

“그래요.”

“손님, 강아지 무게 한번 재겠습니다. 케이스에 넣어서 같이 올려주시겠습니까?”

손님은 말없이 케이스에 강아지를 내려놓고 지퍼를 잠가 벨트에 올렸다. 그런데 아무리 봐도 묘하게 이상했다. 강아지 케이스라기엔 비정상적으로 오픈형이었다. 이건 케이스가 아니라 두꺼운 몸통 감싸개 정도로 봐도 무방했다. 아니나 다를까 옆 카운터에서 이 모습을 지켜보던 선배가 승객에게 말을 걸었다.

"손님, 다른 케이스는 없으세요?"

"없는데요. 그건 왜요?"

그때 몸통 가리개가 답답했는지 갑자기 강아지가 탈출을 시도했다.

"손님, 이렇게 생긴 케이스는 기내에 반입할 수 없어요. 좀 더 튼튼하거나 앞이 가려져 있는 걸로 가져오셔야 할 것 같은데."

"참나, 내가 이거 가지고 비행기를 몇 번을 탔는지 알아요? 별꼴이야."

그리고 탈출 시도에 성공한 강아지가 이번엔 벨트 뒤편으로 넘어가려 하고 있었다. 강아지는 벨트 위를 쏘다니고 있었고 강아지 주인은 선배에게 쏘아붙이고 있었다. 나는 강아지가 벨트 뒤편으로 넘어갈까 봐 걱정되고 당황한 나머지 강아지 몸통을 그야말로 '덥석' 잡아 버렸다. 그러자 이 깜찍한 아이는 꼬리를 흔들며 내 얼굴을 핥으려 했다. 자기 주인이 화를 내든지 말든지 굉장히 신이 난 모양새였다. 나를 대신해 승객과 실랑이하고 있는 선배와 그 둘 사이에서 강아지에게 얼굴이 핥아지고(?) 있는 나. 이상한 대치 상황이 펼쳐지고 있었다.

"애가 얼굴이 답답할까 봐 머리 부분만 따로 뚫어놓은 거예요."

"손님, 케이스는 좌석 밑에 두고 타셔야 하는 거 아시죠?"

"아이, 그럼! 내가 이때까지 이걸 들고 몇 번을 타 봤는데. 다 아니까 걱정하지 말아요."

이렇게 우리 셋, 아니, 넷의 이상한 실랑이가 훈훈하게 마무리되는 듯했다. 나중에 탑승 게이트에서 연락이 오기 전까지는.

한 비행기가 출항 시간이 한참 지났음에도 불구하고 도어를 닫지 못하고 있다는 연락이 왔다. 무엇 때문에 지연인가 싶어 자세히 들어보니 아까 내가 체크인해 줬던 승객이 원인이었다. 승무원의 제지에도 불구하고 계속 강아지를 케이스에서 꺼내 무릎 위에 앉힌다는 것이었다. 반려견은 반드시 케이스에 넣어 좌석 밑에 두어야 한다는 규정을 지키지 않으니 비행기가 나가지 못하는 것이리라.

그런데 여기서 더 기가 막힌 건 "아까 체크인했을 때는 직원이 이렇게 가도 된다고 했는데 지금은 왜 막는 것이냐!"며 승객이 승무원에게 컴플레인을 걸고 있다는 것이었다. 기가 막히고 코가 막힐 노릇이었다. 관리자의 질문에 나는 사실이 아니라고 대답했고 옆에 있었던 선배가 증인이 되어주어 다행히

경위서를 쓸 뻔한 것을 막아주었다.

아…. 가끔가다 세상이 하얗게 돌며 저혈압이 오곤 했었는데 덕분에 혈압이 조금 오른 것 같다. 마음의 안정을 위해 내 오랜 취미 중 하나인 강아지 사진을 보러 가야겠다.

#역시 #강아지는 #죄가없다

20분어치 환승지의 추억

우리 동기들 사이에선 '마스'에 당첨되는 자, 행운아라 불렸다. 항공 업계에서 마스(MAAS)란, Meet And Assist Service의 약자다.

홍콩국제공항 홈페이지에서 설명하는 Meet And Assist Service란 이렇다.

A meet and assist service is available for passengers at a charge. For departing passengers, dedicated staff can meet you at the agreed pick-up points at the airport and help you get to the check-in hall and departures gates. Arriving passengers will be greeted at the boarding gates and assisted all the way to the Ground Transportation Centre or car parks.

출처 : https://www.hongkongairport.com/(홍콩국제공항 홈페이지)

구글 번역기를 돌려봤다.

승객은 유료로 만남 및 지원 서비스를 이용할 수 있습니다. 출발하는 승객의 경우 전담 직원이 공항의 합의된 픽업 지점에서 귀하를 만나 체크인 홀과 출발 게이트까지 이동할 수 있도록 도와 드립니다. 도착하는 승객은 탑승 게이트에서 맞이하고 지상 교통 센터 또는 주차장까지 도움을 드립니다.

물론 위의 홍콩공항에서 제공하는 서비스와 다른 공항들의 서비스는 약간씩 차이가 있겠지만 큰 틀은 같다. 쉽게 말해 모셔다드린다는 거다. 마스는 크게 입국 마스와 환승 마스로 나눠볼 수 있는데, 내가 일했던 곳 기준으로 입국 마스는 비행기에서부터 수하물 수취 구역까지, 환승 마스는 비행기에서부터 환승 카운터 또는 시간이 얼마 없다면 환승 게이트까지 직접 모셔다 주는 서비스라고 생각하면 된다.

내가 일하던 항공사에선 이름하야 환승객들의 '휠체어 마스'가 가히 인기 폭발이었다. 노약자, 다리가 불편한 사람뿐만 아니라 제1여객터미널에서 제2여객터미널로 넘어가야 하는 환승객들은 길이 복잡하고 찾아가기 어렵다는 이유로 다리가 아픈 척하며 직원이 휠체어를 끌어주는 휠체어 마스를 신청하기도 했는데, 서비스 신청 비용은 무려 공짜였다.

이 환승객 휠체어 마스는 서비스를 이용하는 승객뿐만 아니라 직원들에게도 이름하야 '개이득'인 업무였다. 제1여객터미널과 제2여객터미널 사이가 멀고 휠체어를 끌고 가야 하기 때문에 빨리 걸을 수도 없어 마스 한 번 다녀와서 카운터로 복귀하면 근무 시간 중 한두 시간은 껌으로 지나있었고, 서비스 신청 비용이 무료이기 때문에 팁 문화에 익숙한 외국인 승객들은 팁이라며 소정의 달러를 챙겨주기도 했다. 마스에서 받은 팁을 모아 해외여행 시 여행 자금으로 사용하는 사람도 있었고 공항에선 달러를 쓸 수 있는 가게가 많기 때문에 같이 마스 온 직원들끼리 소소하게 아이스크림을 사 먹는 사람도 있었다.

아무튼 이런저런 이유로 환승객 휠체어 마스는 직원들 사이에서도 가히 최고의 업무였다. 출근하고 나서 일하다가 뜬금없이 관리자에게 마스 다녀오라며 종종 무전으로 통보를 받기도 했는데 그러면 그날 하루는 기분이 썩 괜찮았다. 마스는 직원들의 소소한 행복이었다. 앞에 한 번 언급한 적 있던 간달프 과장님은 무전이 아니라 때마다 문자로 통보해 주셨기에 카운터에서 수속하며 혹여나 과장님 문자를 놓칠세라 휴대폰은 꼭 카운터 위에 올려놓고 수시로 확인하기도 했다.

그러다 하루는 휠체어가 아닌 일반 환승객 마스를 배정받게 되었다. 튀르키예인 30대 남자 승객 두 명이었다. 이번엔 숏컨(S/T CONX, Short Connection) 마스라고, 환승 시간이 얼마 남지 않은 승객이 길을 찾는 데 시간을 허비하지 않도록 직원이 함께 동행하는 서비스였다.

보통 숏컨이라고 하면 한 시간에서 한 시간 반 정도를 기준으로 잡는데 오늘 이 승객들의 숏컨 시간은 악랄하게도 20분이었다. 제1여객터미널에서 제2여객터미널로 환승하려면 '1터미널-보안 검색-(트레인)-탑승동-(트레인)-2터미널'의 경로를 거쳐야 하는데 20분 가지곤 진짜 정말 진짜진짜 택도 없었다. 심지어 전혀 다른 건물을 두 번 거쳐 가야 하기에 공항에서 운영하는 트레인을 총 두 번이나 타야 했다. 설마 20분 사이에

총거리 15km짜리 환승이 가능할 거라 생각하고 티켓을 끊은 건 아니겠지? 조마조마한 마음으로 승객의 비행 정보를 까보았다.

NRT-ICN-ISL
STD 1400L / ETD 1600L / ATD 1605L
STA 1605L / ETA 1820L / ATA -
NEED S/C M/S(DLY DUE TO NRT APO PRBM)

이 얼렁뚱땅 어쩌고저쩌고 외계어를 한국어로 해석해 보자면 이런 소리다. 내가 마스를 해줘야 할 승객들은 일본 나리타에서 인천으로 건너와 18시 40분에 출발하는 비행기를 타고 튀르키예 이스탄불로 가야 한다. 그런데 일본 나리타에서 14시에 출발했어야 하는 비행기가 현지 공항 사정으로 지연되어 무려 두 시간이나 늦은 16시 05분에 출발하게 된 거다. 그래서 승객들을 태운 이 비행기가 18시 20분에 인천공항에 도착할 예정인 고로 숏컨 마스 좀 해달라는 소리다.

아직 빈칸으로 남아있는 ATA란 '실제 도착 시각'이란 뜻인데 갑자기 하늘에 어떤 미지의 구멍이 생겨 비행기를 순간 이동시켜 도착 예정 시각을 18시 20분에서 최소 30분 이상 앞당

겨내지 않는 한 18시 40분 출발 예정인 이스탄불행 비행기로 갈아타기란… 모로 봐도 옆으로 구르며 봐도 불가능해 보였다. 오피스에서도 일단 마스 요청이 들어왔으니 직원을 배정하긴 하는데 내가 숏컨에 성공할 거란 생각은 조금도 없었는지 그저 오늘 승객들을 환승할 비행기에 태우지 못했을 때를 대비한 매뉴얼만을 한가득 알려주었다.

"만춘아, 승객이 끊어 놓은 ○○항공에서 이스탄불 가는 항공편은 하루에 한 대씩 있거든? 오늘 못 타면 내일 탈 수 있으니까 그거 안내해 드려. 승객이 입국하고 싶다고 하면 비자 없어도 되는 국적이니까 입국장 안내해 주고, 입국 원치 않으시면 공항 호텔 안내해드려. 내일 비행으로 바꾸신다고 하면 전화해줘. ○○항공에 전달해야 하니까."

"네, 알겠습니다."

나리타에서 날아올, 말도 잘 통하지 않을 이 튀르키예 손님들을 과연 내가 잘 케어할 수 있을 것인지 걱정이 되었다. 초조한 마음으로 비행기를 기다리는 사이 18시 20분이 되었고 나의 승객들을 태운 비행기가 들어오고 있었다. 공항과 비행기를 연결해주는 브릿지가 접현을 하는 사이 과연 어떤 말부터 시작해야 효과적으로 승객들의 기분을 덜 나쁘게 할 수 있을지 미친 듯이 짱구를 굴렸다. 보통 숏컨은 기내에도 전달이 되기 때문에 승무원들은 이 마스 승객들을 비행기에서 제일 먼저 내려줄 것이다. 비행기 문이 열리네요, 그대가 들어오죠….

"H…"

"GO, GO, GO!!!"

이들은 족히 키 190cm는 되어 보였고 내 덩치의 한 세 배쯤은 되어 보였다. 그리고 내가 무슨 말을 하기도 전에 비행기에서 빠져나와 달리기 시작했다. 설마 진짜 다음 비행기 타려고?

"잠시만요! 손님!"

다급한 마음에 한국어가 먼저 튀어나왔고 체격이 달리기 선수급은 되어 보이는 이 승객들을 따라잡기 위해 나도 미친 듯이 뛰어야 했다. 하지만 양 갈래 길이 나오자 길을 모르는 승객들은 이내 걸음을 멈추고 다급하게 뒤돌아 나를 보았다.

"Turn left!"

왠지 나도 승객들에게 동화되어 달려야 할 것만 같았다. 조금 전까지만 해도 오늘 비행기 못 타니까 내일 거 타시라고 말하려 했는데!

내 모든 인생을 통틀어 학창 시절 50m, 100m 달리기 체력 측정할 때 빼곤 이렇게 전력 질주해본 적이 없었다. 그것도 구두 신고. 게다가 이 승객들은 운도 좋았다. 원래대로라면 줄이 늘어서 있었어야 할 환승 보안 검색대에 웬일로 승객이 단 한 명도 없던 것이었다. 그리고 탑승동으로 넘어가기 위해선 전용 트레인을 타야 했는데 정말 웬일로 우리가 에스컬레이터에서 내리자마자 트레인이 딱 맞게 도착했다.

곧 죽는 것이 아닌가 싶을 만큼 미친 듯이 쿵쾅거리는 심장을 부여잡으며 트레인 안에서 드디어 대화의 기회를 잡았다. 나는 더듬거리는 영어로 힘겹게 설명했다.

"우리 시간이 너무 없어요. 40분 비행기인 거 알고 있나요? 만약 오늘 못 타게 되면 내일 비행기로 갈 수 있어요."

"그게 무슨 소리죠? 우린 절대적으로 오늘 타야만 하는데?"

"그치만 15분 정도밖에 안 남았는데요…."

"안 돼, 안 돼, 절대 안 돼요! 오 마이 갓, 나리타에서 비행기가 지연이 됐고 이건 우리 잘못이 아니에요."

"당연히 손님들 잘못이 아니죠. 알겠어요. 그럼 우리 최선을 다해 봐요."

"제발…."

"우리는 트레인 두 번을 탈 거고, ○○항공에서 손님들 프리체크인(Pre-Check in) 해준다고 했으니까 환승 카운터는 안 들르고 게이트로 바로 갈 거예요. 알겠죠?"

"오 마이 갓…."

이 덩치 큰 튀르키예인들은 자꾸만 신을 찾으며 눈물을 글

썽였다.

첫 번째 트레인에서 내려 다음 트레인을 타기 위해선 작은 게이트 하나를 통과해야 했는데 이게 한꺼번에 우르르 통과할 수는 없고 한 명 한 명 비행 정보를 입력하고 통과해야 해서 시간이 조금 걸린다. 그런데 첫 번째 트레인에서 내리자마자 우리가 다음으로 타야 할 트레인이 저쪽에서 문을 열고 서 있는 게 보였다. 아, 저거 타야 하는데! 못 타면 100퍼센트 비행기는 놓친다고 봐도 무방했다. 규정이고 나발이고 한꺼번에 게이트를 빠져나가고 싶은 마음이 굴뚝 같았지만 보안 요원이 서슬 퍼런 눈으로 우리를 지켜보고 있었다. 이봐요, 이 사람들은 생사를 걸었다고!

나는 할 수 없이 다급한 손놀림으로 승객들의 여행 정보를 하나하나 게이트에 찍었다. 그리고 우리가 한 명 한 명 게이트를 빠져나가고 있는 와중에 평소 같았으면 출발하고도 남았을 시간임에도 불구하고 트레인은 출발하지 않은 채였고 우리 셋이 트레인에 탑승하자마자 그대로 문이 닫혔는데 이건 정말 운이 좋았다고 밖에 설명할 수 없었다. (내 뒤에서 승객들이 트레인 기관실을 향해 두 손을 싹싹 빌었을지는 모를 일이다.)

나는 트레인이 제2여객터미널로 향하는 시간 동안 이스탄불 게이트에 전화라도 해서 조금만 기다려줄 수 없겠냐고 사정 설명을 해볼 참이었다. 그런데 문제는 내가 제2여객터미널 게이트로 한 번도 전화를 해본 적이 없다는 사실이었다. 게이트 번호도 몰랐다. 나는 내가 주로 일하는 제1여객터미널과 탑승동 번호만 알았다. 하지만 유추는 해볼 수 있었는데, 제1여객터미널은 전화번호가 ××1로 시작하고 탑승동은 ××2로 시작하니 제2여객터미널은 ××3이 분명하다는 게 내 생각이었다. 그 뒤로는 정해진 숫자와 게이트 번호를 넣으면 된다. 하지만 전화를 해봐도 지지직거리는 잡음만 들릴 뿐이었다. 내가 전화번호를 찾아 헤매는 사이 트레인이 목적지에 도착했고 나는 게이트에 전화해 볼 황금 같은 시간을 놓치고 말았다. 최후의 방법은 달리는 것뿐이었다. 하지만 시계는 이미 18시 39분을 가리키고 있었다. 19분 만에 여기까지 온 것도 기적이지만 1분 만에 플랫폼에서 출발 게이트까지 가는 건 더 기적이었다. 그리고 국제선은 보통 출항 10분 전 탑승 마감이지만 나는 애써 이 사실을 외면하려 했다.

"신이시여, 저를 도와주소서…."

아까까지만 해도 승객들이 찾던 신을 이번엔 내가 찾고 있었다. 그도 그럴만한 것이 이 승객들은 체격은 정말 좋았는데 체력은 아니었던지 갈수록 나보다 뒤처져 달리고 있었다. 아마 무거운 짐도 한몫했으리라.

트레인에서 내려 엘리베이터를 탔다. 우리는 출국장이 있는 3층에서 내려야 했는데 같은 엘리베이터를 탄 다른 공항 직원분이 2층 버튼을 누르려 했다.

"오, 제발 우리가 내린 다음에 내리면 안 되나요? 우리가 정말 급합니다."

귀엽고 짠한 내 승객이 직원을 붙잡고 애원했다. 그분은 내 승객이 울먹이며 하는 부탁을 무시할 수 없었던지 버튼을 누르지 않고 가만히 계셔주었다.

나는 엘리베이터 문이 열리면 젖 먹던 힘까지 쏟아 출발 게이트까지 달릴 예정이었다. 이미 게이트 위치도 확인해놨고 어느 방향으로 어떻게 가야 하는지 이미지 트레이닝도 해놨다. 엘리베이터에서 잠깐 숨을 고르며 말했다.

"제가 먼저 게이트까지 달릴 테니까 여러분은 저 따라서만 오세요. 알겠죠?"

"네."

둘은 고개를 끄덕이며 눈을 빛냈다. 그 순간 우리 셋은 쓰잘데기 없이 비장했다. 옆에 계신 직원분의 눈에 비친 우리 모습이 어떨지 굳이 생각하고 싶지 않았다.

엘리베이터 문이 열렸다. 시간은 18시 40분이었다. 하지만 포기할 수 없었다. 달리는데 구두가 너무 거추장스러웠다. 내

발 사이즈는 220정도 되는데 유니폼 구두는 230을 신었다. (유니폼을 받으러 갈 때 작은 사이즈는 재고가 없다고 해서 어쩔 수 없었다.) 구두가 벗겨지지 않도록 신경 써서 뛰느라 발가락과 종아리에 쥐가 날 것 같았다. 구두를 벗고 맨발로 뛰어볼까도 잠깐 고민해 봤으나 내 추태를 본 다른 승객이 회사 홈페이지에 컴플레인을 걸까 봐 꾹 참았다.

얼굴이 시뻘게지도록 달려 게이트에 도착했다. ○○항공 직원분들이 남아계시긴 했는데 이미 비행기 도어를 닫은 건지 탑승해도 되는 건지 가늠이 되질 않았다. 내 유니폼을 본 ○○항공 직원분이 소리쳤다.

"아, 오셨다!"

나는 인사말도 빼먹고 다급하게 물었다.

"문 닫았나요?"

"아뇨, 타셔도 돼요. 언제 오시나 했어요. 숏컨이라고 듣긴 했는데."

타셔도 된다는 말을 듣고 다리가 풀릴 뻔했다. 18시 42분이었다.

"감사합니다아학…."

"근데… 승객들은 어디 계세요?"

그제야 뒤를 돌아보니 내 승객들이 걷다 뛰다 하며 힘겹게

이쪽으로 오고 있었다. 저렇게 건장한 남정네들도 이렇게 힘들어하는데 내 몸 어디에서 이런 괴물 같은 스피드가 나왔는지 모를 일이었다. 내 학창 시절 달리기 실력은 뒤에서 상위권이었는데 말이다. 아니면 저들이 꼴등이었던지.

"손님들 타도 된대요."

"오 마이 갓. 우리가 해냈어! 당신은 최고예요!"

절대적으로 오늘 비행기를 꼭 타야만 한다며 신을 찾아댔던 승객들이 수미상관처럼 신을 부르며 나에게 악수를 청했다.

"근데 우리가 짐보다 빨리 와서 손님들 수하물이 안 실렸대요. 이스탄불 공항 도착해서 ○○항공에 클레임하면 된대요."

"짐은 버려도 돼요. 정말 고맙습니다."

이 와중에 장난을 치고 있었다. 웃음이 나왔다.

"잘 가요!"

최종적으로 승객이 비행기에 탑승한 시간은 18시 43분이었다. 온갖 보안을 통과하고 23분 만에 제1여객터미널에서 제2여객터미널까지 온 거였다. 나조차도 내가 이걸 성공할 거라곤 생각지 못했다. 3분 지각을 너그럽게 봐준 ○○항공에도 정말 감사했다. 나는 이 승전보를 전하고자 오피스에 전화를 걸었다.

"오스캅니다."

"대리님, 저 만춘인데요!"

"어, 만춘아, 왜. 승객이 뭐라 해?"

"아니요, 저 마스 끝났어요."

"뭐?"

"43분에 탑승했는데 봐주셨어요. 승객들 짐은 안 실렸다 그래서 도착지 공항에서 ○○항공에 클레임하라고 안내했습니다."

"만춘아, 이 승객 안 태워도 상관없었는데."

"네?"

"워낙 커넥션 타임이 짧았어서 처음부터 태울 생각 없었거든. 보상도 나가기로 했고."

"아…."

"그래도 수고했어. 네가 숏컨 최고 기록이겠다, 야."

"네, 하하…!"

"어디서 좀 쉬다가 가. 너 다음 잡 뭐니?"

"○○○ 게이트요."

"T2에서 좀 쉬다가 가. 너무 고생했어."

나는 온몸의 힘이 다 빠진 채로 터덜터덜 트레인을 타러 내려갔다. 평소엔 제2여객터미널에 오는 걸 굉장히 좋아한다. 지은 지 얼마 안 된 건물이라 삐까뻔쩍하기도 하고 상주 직원용 게이트 출입 버튼도 굉장히 부드럽게 잘 눌리고(1터미널 버튼은 빽빽해서 있는 힘껏 눌러줘야 한다), 화장실도 너무 좋아서 화장실 갈 일이 없어도 손이라도 씻으러 들르곤 했었다. 나도 여기서 일해보고 싶다며 시골 쥐마냥 호들갑을 떨기도 했다. 그런데 오늘은 여기서 쉬고 가고픈 마음이 별로 들지 않았다.

다시 제1여객터미널로 돌아가는 트레인을 기다리며 벤치에 앉아있는데 무릎과 발목이 슬슬 아파 오기 시작했다. 허벅지도 아프고 종아리도 아프고 아무튼 다리는 다 아팠다. 이 통증은 하루 이틀로 끝나지 않고 며칠 동안이나 나를 괴롭혔다.

'넌 최고야'라고 말해주었던 내 승객들은 지금쯤 고국에 잘 돌아갔으려나. 부쳤던 짐은 잘 받았으려나.

환승지에서의 추억이 15km 달리기라니 손님들도 참 거시기하네요. 튀르키예에서 손님들이 이 글을 보지는 못하겠지만, 번갈아 가며 신을 찾아댔던 그때가 재밌었고 네가 최고라고 말해줬던 그 한마디 때문에 이 글을 썼으니 언젠가는 손님들에게도 이 글이 닿았으면 좋겠습니다. 언제나 행복한 나날들이길 바라요. 그리고 다음부턴 그냥 직항 타시길.

#멀리뛰기 #성공

직장살이의 기쁨과 슬픔

오피스에서 엑셀 작업을 하던 중 회사에서 메일 하나가 날아왔다. 수학여행 시즌을 맞아 두 달간 제주공항 파견 근무자를 모집한다는 것이었다.

- 모집 인원 2명. 숙소 제공. 파견, 복귀 시 비행기 티켓 제공. 오피스 진주영 대리에게 신청 바람.

입사한 지 8개월 차에 인천공항 오피스는 그 해 최대의, 그리고 은밀한 문전성시를 이루었다. 다들 무전기를 반납하는 척 오피스에 들러 파견 근무 신청은 어떻게 하면 되냐 물어보고 가는 것이었다.

"그냥 이름 말해주고 가면 돼요. 은정 씨 신청할 거야?"

"네, 대리님. 그리고 이거 간식인데 입 심심하실 때 드세요!"

주영 대리님을 향한 은근한 로비(?)는 덤이었다.

"주영 대리, 나, 그, 저거, 제주도 갈래."

"어이쿠, 과장님도 신청하시게요?"

"응. 나는 안 돼?"

"거기서 수속할 때 부려 먹을 애가 필요한 거지, 관리자를 데려가고 싶은 건 아닐걸요?"

또는,

"저 가고 싶어요. 저는 제주도에 가족들이 있어서 숙소도 필요 없어요."

"저 제주도 한 번도 안 가봐서요. 정말 꼭 한번 가보고 싶었어요."

"근데 제주도 가게 되면 오프 신청한 건 어떻게 되는 거예요? 이때 이때 연차 쓴다고 거기에 말하면 되겠죠?"

다들 파견 가고 싶은 이유도 각양각색이었고 심지어는 파견 갔을 때 맞이하게 될 상황에 대한 대응책까지 고심 중이었다. 조용히 오피스 한구석에서 엑셀 작업을 하며 이 모든 상황을 구경 중이던 나는 자리에서 스윽 일어나 프린트된 작업물을 들고 주영 대리님에게 직행했다.

"대리님, 이거요."

"수고했어, 만춘 씨."

"대리님, 저도 파견 신청할게요. 저는 오프 신청한 거 하나도 없거든요. 제주공항에서 원하는 대로 스케줄 다 맞출 수 있어요."

"근데 다들 가서 일 엄청 해야 하는 거 알고 신청하는 거지? 한 명도 안 간다고 할 줄 알았는데 되게 의외네."

나는 알 것 같았다. 다들 제주'공항'보다는 '제주도' 그 자체에 초점이 가 있는 것이었다. 인천공항이 있는 영종도보다 백 배는 멋져 보이는 이 '제주도'라는 마법의 단어가 사람들을 홀렸다. 그곳은 영종도와는 쨉도 안되는 환상의 섬이었던 것이다.

과장 좀 보태서 수십 대 일의 경쟁률을 뚫고 최종적으로 제주공항 파견자 명단에 이름을 올린 이는 바로 나와 동기 사라였다. 그렇게 다들 환상의 섬으로 떠나는 이 아름다운 유배자들을 향해 눈물을 머금고 손을 흔들어 주었다. 평소 책 읽고 글 쓰는 걸 좋아했던 나는 '제주도에 가면 바다가 보이는 카페에 책 하나 노트북 하나 들고 따악 가서 오션뷰를 만끽해야지' 하는 로망 같은 게 있었다. 그러나 설레는 마음을 안고 탄 제주행 비행기에선 앞으로 다가올 시련에 대해 일러주는 이는 아무도 없었다.

제주공항에 첫 출근을 하니 나와 사라 외에 김해공항에서 파견된 직원들도 와 있었다. 그들은 따지고 보면 우리보다 선배였으나 기수가 비슷했기에 우리끼리 대충 동기로 퉁치기로 했다. 지역만 다르지 공항이니까 업무가 같을 거라고 생각하겠지만, 각 공항마다 업무 방식이 다르고 국제선과 국내선 업무도 차원이 다르다. 예를 들자면, 국제선에선 각종 출입국 규정과 비자와 외국어가 중요했지만, 국내선에서 그런 건 하등 쓸모가 없었다. 그리고 인천에선 발권(Ticketing)된 예약 번호를 수속(Check-in)하는 것만이 나의 업무였고, 금전이 오가는 발권은 최고참 선배의 업무였지만 제주에선 모든 직원들이 발권을 할 줄 알아야 했다. 왜냐하면 승객들이 10분에 한 번꼴로 "김포 가는 거 한 장 주겐" 하며 버스표 끊듯 카운터에 오시기 때문이었다.

그런데 첫날이라 아무것도 몰라 어리바리하던 나와 동기들에게 제주공항의 한 선배가 손을 내밀어주었다. 명찰 속 이름은 김가영이었다. 그녀는 제주도 토박이였으며 제주공항 고인 물이라고 봐도 무방했다. 선배는 일이 있거나 궁금한 게 생기면 언제든 물어보라며 본인의 전화번호를 알려주었다. 동기들은 가영 선배의 호의가 기뻤던지 공항 근처 맛집을 물어보았고 선배는 사람 좋게도 열 군데 이상의 맛집을 일일이 지도 링크를 걸어 보내주었다.

"다들 제주도 오면 고기국수 먹으러 여기만 가더라? 현지인들은 아무도 안 가거든. 고기국수 먹고 싶으면 꼭 여기로 가."

"와, 감사합니다! 다음에 꼭 가볼게요!"

아직 첫날이라 서먹서먹하던 선후배들 사이에 유난히 살가웠던 가영 선배는 공항 내 지리도 잘 모르던 우리를 공항 식당가에서 개중 가장 고급스러운 중식당으로 데리고 가 주었다.

"우리 메뉴 여러 개 시켜서 같이 나눠 먹자. 여기는 이거랑 이거 진짜 맛있어."

중식당에서 점심으로 간단히 먹기엔 깐풍기나 유산슬은 좀 과하고 비싼 음식들이었지만 선배와 친해질 기회를 놓치고 싶지 않았다.

"그럼요! 저흰 상관없어요."

"아참, 인천에서 주영이한테 전화 왔더라. 너네 잘 봐달라고. 그래서 내가 걱정말라고 했어."

아, 이렇게 착한 선배들만 있다면 여기에 몇 년을 있어도 버틸 수 있을 것 같았다.

"우리 여기 식권 세 장씩 쓰면 되겠다."

헉. 식권 세 장이면 엄청난 플렉슨데? 한 끼 식사에 5천 원짜리 식권을 세 장이나 쓰는 직원은 아마 우리밖에 없을 것이다. 그런데 얼추 계산해보니 식권을 세 장씩 써도 돈이 모자랐기에 조심스레 선배에게 물었다.

"선배, 그러면 만 2천 원이 모자라는데요?"

"아, 그래? 인천은 식권 쓸 일 잘 없었지? 나 지금 식권 별로 안 남았는데 너네가 나머지 나눠서 내줄래?"

"네엡…! 그럼요!"

우리는 선배 말마따나 '그동안 식권 쓸 일이 잘 없었'던 적은 없었지만 선배 앞에서 따지듯 정정하고 싶은 마음은 없었기에 묵묵히 우리끼리 남은 돈을 결제했다.

길고 길었던 첫날의 업무가 끝나고 디브리핑 시간을 갖기 위해 직원들끼리 오피스에 모였다. 디브리핑은 하루 동안 특이 사항은 없었는지 간단히 업무를 되돌아보는 시간이라고 생각하면 된다. 긴장으로 꽉 채운 하루를 보냈던 나로서는 가장 피하고 싶은 순간이었다. 인천공항에선 디브리핑 때 항상 누가 무슨 실수를 했는지, 경위서를 써야 하는지 마는지 하는 식의 얘기들이 따라붙었다. 직원이 백 명 가까이 되는데 백 명의 직원들을 한 명처럼 생각해서 왜 매번 실수를 하느냐고 일갈했다. 디브리핑 시간에서 가장 많이 듣는 얘기는 "제발 업무 숙지 좀 하세요"였다.

이런 삭막한 디브리핑 분위기를 생각했던 나는 제주공항의 디브리핑 상황을 보며 속으로 깜짝 놀랄 수밖에 없었다. 가영 선배가 어디선가 과도를 들고 와 회의실에 있는 사람들에게 직접 과일을 깎아주기 시작한 것이었다. 여기 있는 모두가 왁자지껄 수다스러웠다. 이곳에 대한 첫인상은 대성공이라 해도 과언이 아닐 만큼 좋았다. 사람들만 좋다면야 일이 힘들어도 참을 수 있을 것 같았다.

그런데 하루 이틀 시일이 흐르자 안 보이던 것들이 보이기 시작했다. 겉으로는 화기애애하게 보였던 이곳은 분위기가 묘하게 이상했다. 대놓고 무리를 짓는가 싶으면 또 다른 무리로 흩어지기도 하고 어제는 사이가 나빴던 사람들이 오늘은 같이 밥을 먹고 있었다. 우리 뒤에서 대놓고 우리 욕을 하는가 싶어 벌렁벌렁한 가슴을 안고서 자세히 들어보면 마치 처음부터 우리 얘기가 아니었던 것처럼 들리기도 했다. 배척하는가 싶다가도 친절했다. 묘했다.

그러던 어느 날, 카운터 듀티를 맡았던 날이었다. 그날은 가영 선배와 옆자리에 앉아 나란히 수속을 하게 되었다. 잠시 카운터가 한가해진 틈을 타 선배에게 말을 걸었다.

"선배! 식사하셨어요?"

"…네."

선배는 대꾸라고 하기에도 민망한 'ㄴ' 비슷한 발음을 내뱉더니 내 쪽은 쳐다도 보지 않았다. 뒤이어 무슨 말을 해야 할지 몰라 어버버하고 있으려니 손님이 줄을 섰다. 일단 끝나고 다시 말 걸어보자, 바빠서 그랬나 보다 싶어 대수롭지 않게 여기고 손님을 받았다. 하지만 일이 끝나면 다시 말을 걸어보자는 나의 다짐이 무색하게도 가영 선배는 업무가 끝나자마자 바람처럼 어딘가로 사라져 버렸다. 이후 가영 선배와는 좀처럼 스케줄이 맞지 않아 대화를 나눠 볼 수 없었다.

그로부터 며칠이 지났을까? 나와 함께 인천공항에서 제주공항으로 내려온 사라가 하소연을 했다.

"언니! 아까 나 가영 선배 옆자리에서 수속했는데!"

맞다. 그러고 보니 얼마 전에 나도 선배랑 같이 수속했었지.

"응. 근데?"

"저번에 가영 선배가 추천해줬던 국숫집, 언니랑 같이 갔다 왔다고 내가 선배한테 막 자랑했거든. 내가 '선배, 저 어제 만춘 언니랑 ㅇㅇ국수 갔다 왔어요!'라고 했더니 선배가 뭐라는 줄 알아?"

"뭐라는데?"

"나를 막 빤히 쳐다보면서 '많-이 드세요-' 이러는 거야! 완전 비꼬듯이!"

"뭐라고?"

눈이 똥그래졌다. 가영 선배가 그런 말을 했다고? 첫인상은 서글서글 인상 좋은 언니였는데. 그러고 보니 며칠 전에 수속할 때도 나를 아예 모르는 사람 대하듯 굴긴 했었다. 갑자기 바뀌어 버린 선배의 태도를 이해할 수 없었다. 이 사건 이후로는 전처럼 가영 선배에게 스스럼없이 말을 거는 것이 불편해졌다. 같이 일할 때도 예전 같은 훈훈함은 찾아보기 힘들었다.

"선배님, 저 어느 카운터 앉으면 될까요?"

"아…. 여기랑 바꿔주면 될 거 같아요."

쉬는 시간을 끝내고 온 후배가 가영 선배에게 앉을 자리를 물어보았다. '어디 앉으면 될까요?'는 '누구랑 교대해주면 될까요?=이제 누가 쉬러 가면 되나요?'라는 뜻이다. 선배는 고갯짓으로 나를 가리켰고, 선배가 말하는 '여기'란 바로 나였다.

이 공항 사람들 사이에 우리 얘기가 오갔을 것만 같았고 모두가 우리를 싫어하는 듯한 착각이 일었다. 아무도 우리를 대놓고 싫어하진 않았지만 묘하게 미움받는 느낌이 들었다. 하루하루 출근하기 눈치가 보이고 우울했다. 우울한 마음을 달랠 길이 없어 한 달에 한 번 나올까 말까 한 귀중한 연속 휴무를 인천으로 올라가는 데 할애해 버리기도 했다. 다시 인천공항으로 출근하고 싶었다. (세상에 내가 이런 생각을 하는 날이 오다니.)

가영 선배의 '없는 사람 취급'도 계속되었다. 하지만 괴롭힘 당하는 것보단 무시당하는 게 더 나았기에 오히려 잘된 걸지도 모른다는 자기합리화를 했다. 난데없이 굴러들어온 돌인 우리가 꼴 보기 싫었던 모양이라고 생각했다. 하지만 이것은 나의 어마어마한 착각이었다. 나와 사라에게 놀랍도록 차갑게 변했던 그녀는 김해공항에서 온 또 다른 동기인 수진에겐 다정다감한 선배였기 때문이다.

"우리 애기 어제 쉬는 날인데 뭐 먹었쪄요?"

이것은 놀랍게도… 실제로 가영 선배가 수진에게 했던 말을 그대로 옮겨 적은 것이다. 나와 사라는 고기국수를 먹었다고 그렇게 냉대를 받았는데 말이다. 나와 사라는 '우리가 뭔갈 잘못했나 보다, 그런데 그 잘못이 뭐지?'라는 생각으로 매일매일 감정 소모를 해댔다. 그리고 가영 선배와 친한 다른 선배들도 우리를 점점 불편해하는 것만 같았다. 하루하루 눈알 굴려 가며 눈치 보며 살다 보니 눈이 다 빠질 지경이었다.

하루는 수진과 같이 공항에서 점심을 먹을 기회가 생겨 슬쩍 운을 떼 보았다.

"혹시, 가영 선배랑 많이 친해? 그 선배 너한테 유독 살갑더라."

"아니, 그런 거 따로 없는데? 근데 너무 우쭈쭈하니까 부담스러워 죽겠어. 나를 무슨 강아지 대하듯 하잖아. '우리 애기'가 뭐야. 우리 엄마도 나 그렇게는 안 불러."

"아, 그래? 이상하네…. 그럼 나랑 사라가 선배한테 뭐 밉보인 거라도 있나?"

"왜? 무슨 일인데?"

"가영 선배, 나랑 사라를 깡그리 무시해. 근데 유독 그게 네 앞에선 더 심해."

"너 그거 몰랐어? 가영 선배 이 공항에서 편애하기로 엄청 유명한 거?"

"엉?"

"자기가 좋아하는 후배랑 미워하는 후배 이렇게 딱 정해놓고 항상 극과 극을 달린대. 난 어쩌다 보니 그 선배 맘에 들었던 모양인데, 난 별로 신경 안 쓰거든. 너도 신경 쓰지 마."

아…. 내가 잘못한 게 아니었구나. 얼마간 끙끙 앓았던 이 갑갑한 감정은, 나도 신경 안 쓸 테니 너도 신경 쓰지 말라는 수진의 쿨한 말에 모두 날아갈 뻔했다. 내가 신경 쓰지 않으니 모든 것이 별것 아닌 것처럼 느껴졌다. 같은 해피해피한 결말이었으면 좋으련만 내 마음은 수진처럼 그렇게 쿨하지 못했다.

기본적으로 기분장애를 달고 사는 나에겐 다른 사람의 시선이란 감옥 같은 존재였다. 나는 종종 다른 사람들이 나를 기억 속에서 지워줬으면 좋겠다고 생각했다. 존재감 없는 사람처럼 흐릿하게 회사에 다니고 싶다고 말이다. 그런데 가영 선배, 가영 선배와 친한 다른 선배들의 홀대는 마치 뒤에서 내 험담을 했으니까 나오는 행동 같아 보였기에 나는 쿨해질 수 없었다.

하루하루 마치 지옥으로 출근하는 것처럼 보이는 내 표정이 꼴 보기 싫었는지 신께서 미천한 나에게 다시 인천공항으로의 출근을 하사하시었다. 파견 근무가 끝났으니 복귀하라는 것이었다. 비록 국내선에서 국제선으로 옮겨지는 거라 공부도 다시 해야 하지만, 신경 써야 할 업무절차도 늘어나겠지만, 역시 마음이 힘든 것보다 몸이 힘든 게 낫다고 내 마음은 깃털처럼 날아갈 듯했다.

하지만 이런 마음도 잠시뿐, 인천공항으로 복귀하자 몸이 힘든 것도 오지게 힘든 건 마찬가지였다. 나는 두 달 동안 엄밀히 말하자면 비슷하지만 완전히 다른 업무를 하고 왔기에 복귀하자마자 실수를 연발해댔다.

일본으로 가는 모로코 국적의 승객들을 체크인할 때 분명 내가 출입국 규정을 까봤을 땐 무비자라고 나왔던 것 같은데 '만춘 씨, 그 승객들 비자 확인했냐'는 전화가 왔고, "죄송합니다!"를 연발하며 게이트로 승객들을 찾으러 뛰어다녔다. LR TAG(Limited Release Tag, 수기로 적는 백택)을 손에 들고서 "만춘 씨, 엘알택 좀"이라는 말에 "그게 뭐죠?"라는 소리를 지껄이기도 했다.

시일이 흘러 어느덧 제주공항에서의 일은 새로운 업무들에 치여 생각조차 나지 않을 무렵, 우연찮게 '블라인드'라는 앱에 들어가 보게 되었다. 이 앱은 직장인 익명 게시판으로 회사 이메일로 계정 인증을 하면 같은 회사 또는 다른 회사 사람들끼리 익명으로 글과 댓글을 올릴 수 있다. (특히, 회사 욕에 특화되어 있다.)

블라인드엔 '말 많고 탈 많은 제주공항'이라는 제목으로 내가 잠시 머물렀던 공항에 대한 글이 올라와 있었다. 그 공항의 '말 많고 탈 많은' 이유 중 하나로 바로 가영 선배가 지목되어 있었고, 이유인즉슨 그놈의 편애가 너무 심하다는 거였다. 순식간에 그때의 추억(?)이 되살아났다.

우리가 굴러 들어온 돌이라 미워한 게 아니라 그냥 원래 편애가 심했을 뿐인 사람. 나는 그런 사람의 희생양이 되었다고 해서 슬퍼해서는 안 되는 거였다. 쓰잘데기 없는 피해 의식에 사로잡혀 그때 그 순간을 온전히 즐기지 못했던 게 떠올라 나는 더 슬퍼졌다. 그리고 블라인드에 올라온 그 글과 댓글들을 하나하나 씁쓸한 마음으로 정독하기 시작했다.

#제주공항으로 #가영

부모님 모르게 : 사랑니를 뽑으며

일본어를 시작하게 된 계기는 엄마였다. 엄마는 "할 수 있는 외국어가 하나쯤 있으면 좋지"하시며 이제 막 중학교에 올라간 나에게 구몬 일본어를 시켜주셨다. 히라가나, 가타카나는 구몬으로 뗐지만 사실상 내 일본어 실력에 결정적 역할을 한 이는 따로 있었다. 위대하신 그녀의 이름은 바로 '체리', 호는 '카드캡터', 이름하야 '카드캡터 체리'다. 체리 저 녀석의 입버릇은 '호에에에' 따위였지만 내가 일본어 자격 시험에서 청해 파트 만점을 받는 데 '호에에에' 이상의 영향력을 끼친 것이 틀림없었다.

체리는 언제나 열두 살이었지만 나는 2D 인간일 수 없기에 매년 나이를 먹었다. 나이를 먹은 나는 회사에 들어가 일도 하고 그렇게 번 돈으로 난생처음 해외여행이란 것도 가봤다. 그동안 돈이 없어서 못 갔다기보다는 사는 우물이 작았기 때문에 해외에 가면 큰일이라도 나는 줄 알았다. 나는 지방 출신이기 때문에 스무 살에 서울에 상경한 것만으로도 굉장히 쿨한 일이었다.

예전에는 영화 한 편 보려면 시내에 나갔어야 했지만 여기선 무려 동네에서 츄리닝을 입고도 영화 관람이 가능했다. 멋지게 꾸미지 않고도 영화를 볼 수 있다는 것은 내 기준 꽤나 '멋짐'이었다.

서울이라는 멋짐을 맛본 나는 더 큰 멋짐을 원했다. 마침 첫 직장을 다닐 적, 휴가차 다녀왔던 오키나와 여행이 트리거가 되어 일본 워킹홀리데이를 준비하는 지경에 이르렀다. 나는 일본어도 좋아하고 바다도 좋아하니까 왠지 이것은 나의 운명, 나의 데스티니인 것만 같았다. 특히 스쿠버다이빙 숍에서 근무하겠다며 여기저기 설치고 다녀서였는지 '잰 세상 물정을 너무 몰라'하는 말이 자연스레 꼬리표처럼 따라붙었다. 내가 어느 정도로 진심이었냐면 잦은 야근으로 인해 일본어 자격증 학원에 갈 수 있는 날이 줄어들자 4년 동안 잘 다니던 직장을 그만둬 버렸다. 물론 여기엔 말 못 할 사정 거시기와 뭐시기와 눈물을 포함한 기타 등등이 포함됐지만….

엄마는 해외에 나가려는 나를 두고 걱정을 많이 했다. 특히나 나의 희망 근무지가 땅이 아닌 바닷속이란 걸 안 엄마는 내가 고래뱃속이라도 들어가는 양 굴었다.

"애기, 그거 꼭 가야 해? 바다에서 쓰러지거나 그러면 어떡해?"

엄마는 다 큰 나를 두고 꼭 '애기'라고 불렀다. 그러면 애기는 이렇게 대답했다.

"아직 좋아하는 일 하면서는 쓰러져 본 적 없는데. 아마 괜찮지 않을까?"

이 말은 반만 사실이었다. 출근하다 길바닥에서 쓰러지고 쓰러져서 실려 간 응급실에서도 쓰러지고 지하철에서 쓰러지고 마트에서 쓰러지고 알바하다 쓰러지고 기타 등등 다양한 장소에서 다양하게 쓰러져봤지만 정말로 좋아하는 일을 하면서는 쓰러져 본 적이 없었기에 위와 같이 대답할 수 있었다. 하나님, 부처님, 저는 맹세코 거짓말은 하지 않았습니다. 아멘관세음보살…. 그리고 한 가지 변명을 해보자면 그 당시엔 나도 꺼떡하면 과호흡을 하며 쓰러지던 증상이 공황발작인 줄은 몰랐다.

좋아하는 일을 하는 나는 굉장히 열정적이다. 없던 힘도 솟아오르고 실행력이 0에서 10으로 치솟는다. 뭐 하나를 하고자 하면 그것만 보고 직진한다. 옆은 돌아보지 않는다. 그런데 돌아보지 않는 것이 어느 순간 문제가 될 줄은 몰랐다.

언제부터였는지 모르게 아빠의 짜증이 늘었다.

"넌 그거 꼭 가야겠냐?"

"그냥 한국에 있지 그려. 나중에 후회하지 말고."

그거 꼭 가겠다고 퇴사하고 나와서 이러고 있는 건데. 다른 애들은 해외 간다고 하면 부모님이 좀 보태주시기도 하고 그런다던데 왜 우리 부모님은 응원은 못 해줄망정 도움 없이 가겠다는데도 짜증만 낼까. 내 철없는 머리통은 불효막심한 생각을 멈출 줄을 몰랐다. 괜한 반항심이 일어 해외 생활 끝장나게 잘하고 와야지, 생각했다. 하지만 끝장이 나버린 건 그쪽이 아니었다.

어느 날, 보다 못한 외삼촌한테 전화가 왔다. 엄마가 말기 암 진단을 받았다고 했다. 그것은 엄마의 세상뿐 아니라 내 세상도 함께 무너지는 일이었다.

아빠의 숨겨진 말뜻은 이런 거였던 것 같다.

"넌 (엄마가 아픈데) 그거 꼭 가야겠냐?"

"그냥 한국에 있지 그려. 나중에 (엄마 죽고 나서) 후회하지 말고."

결국 난 고래뱃속으로 들어가지 않는 길을 택했으나 엄마와의 마지막 순간은 의외로 추억이랄 게 별로 없었다. 나는 엄마의 바람대로 바다 대신 지상에 일자리를 구했고 배를 타는 대신 비행기에 사람을 태워 보내는 일을 했다. 그리고 그렇게 일상에 묻혀 엄마의 병도 묻혀가는 것 같았다.

그러던 어느 날, 업무 중 휴대폰을 보니 부재중 전화가 찍혀 있었다. 아빠였다.

- 왜? 나 바쁜데.

토독토독 문자를 보내놓고 또다시 정신없이 업무를 하다 보니 그새 부재중이 다섯 통으로 늘어 있었다. 아빠에게 전화를 걸자 아빠는 불같이 화를 냈다.

"뭐하니라 전화를 안 받어!"

"아빠, 나 일하는 중이잖아. 못 볼 수도 있지 왜 그렇게 화를 내?"

"내일 엄마 병원 좀 와야 쓰겄다."

"엄마 병원은 왜?"

"엄마가 아프디야."

"알겠어. 내일 아침에 일찍 갈게."

왠지 모를 불길함이 나를 감쌌고 남은 업무 시간 동안 실수를 연발해댔다.

다음 날 아침, 잠에서 깬 나는 가방을 챙겼다. 휴무는 하루뿐이었지만 칫솔과 갈아입을 옷과 세면도구 같은 것들을 백팩에 쑤셔 넣고 집을 나섰다. 왠지 모르게 이 집에 다시 돌아오는 날은 며칠이 지난 후일 것 같았기 때문이다. 내 자취 집인 영종도에서 엄마가 입원해 있는 병원까지는 공항철도와 지하철을 타고 2시간가량이 걸렸는데 누가 내가 탄 지하철을 잡고 무한정 늘리기라도 했는지 병원에 도착할 생각을 안 했다. 시간이 느리게 느리게 흘렀다. 그 와중에도 아빠는 도대체 언제 오냐며 독촉 전화를 해댔다. 엄마가 아픈데 왜 이렇게 안 오냐고.

"아니, 얼마나 아픈 건데. 아무것도 말도 안 해주고 그냥 오라가라만 하니까 얼마나 답답한 줄 알아?"

"죽는디야!"

"…어?"

"금방 죽는디야. 느이 엄마가 치료를 거부하는디, 그럼 니가 와서 얼렁 사인을 해야한디야. 앞으로 사흘 살 수 있다는디 언제 올라 그려. 엄마 살아있을 땐 봐얄 거 아녀."

나는 사람 눈치를 꽤 많이 본다. 되도록이면 민폐는 끼치고 싶지 않고, 있는 듯 없는 듯 존재감을 드러내지 않으며 살고 싶었다. 그런데 난생처음으로 옆에 누가 있건 말건 온 지하철이 떠나가라 엉엉 울어볼 수 있었다. 그때 내 나이 스물일곱이었다. 이빨이 쿡쿡 쑤셨다.

그리고 그렇게 들어간 병원에서 마주한 엄마는… 시들어 있었다. 말도 못 했고 물 한 방울도 삼키지 못했다. 이미 내가 알던 엄마의 모습이 아니었다.

그래, 이제 보내주자. 나는 엄마와의 이별이 처음인데 엄마는 얼마나 오랜 기간 우리와의 이별을 준비했을거나. 나는 엄마의 이마에 입을 맞추며 작별 인사를 했다. 사흘을 살 수 있다던 엄마는 하루도 채 되지 않아 우리 곁을 떠나버렸고 처음으로 수의를 입은 엄마의 모습을, 마지막으로 두 눈에 담았다. 마치 선녀 옷을 입은 것 같았다. 아, 엄마는 이제 선녀가 됐구나.

장례식장에서 손님들에게 절을 하려면 고개를 숙여야 하는데 피가 머리로 쏠릴 때마다 이가 한 번씩 쿡쿡 쑤셨다가 말았다가 했다. 장례식이 끝나고서 1주일 만에 돌아간 집에서 또다시 나는 하루하루를 혼자 버텨내야 했다. 지겨웠다. 혼자인 것도, 버텨내야 하는 것도. 엄마가 없는 삶은 처음이었기 때문에 어떻게 살아가야 할지 막막한 기분이었다. 이 세상에서 나를 가장 사랑해줬던 사람을 잃은 내 심장이 연결선 빠진 로봇처럼 삐그덕댔다. 이가 아팠다.

그렇게 일상으로 되돌아와 제일 먼저 치과에 갔다. 처음엔 충치가 생긴 줄 알았는데 알고 보니 사랑니 때문이라고 했다. 사랑니가 옆에 있던 치아들을 밀어내고 자라고 있다는 거였다. 다행히도 치아가 누워서 났다거나 매복 사랑니라거나 하는 건 아니었기에 사랑니가 좀 더 나올 때까지 기다려 보자고 했다. 나는 알겠다고 했고 사랑니가 새까맣게 변할 때까지 새까맣게 잊어 버렸다.

그로부터 몇 년이 흘러 구강 검진을 받게 되었고 사랑니가 썩었으니 뽑는 게 좋겠다는 진단을 받았다. 그러다 문득 사랑니의 일본어 뜻인 '오야시라즈(親知らず)' 가 궁금해졌다. 오야시라즈는 직역하자면 '부모님이 모르는' 정도의 뜻이다. 왜 사랑니를 '오야시라즈'라고 할까? 우리나라 말인 '사랑니'도 첫사랑을 할 때쯤 나는 치아, 또는 첫사랑의 아픔이 사랑니의 통증과 비슷하다고 하여 '사랑니'라는 말이 있지 않은가. 그런 것처럼 '오야시라즈'도 다른 뜻이 있을 거라고 생각했다. 그래서 검색을 해보려 휴대폰을 들었고, 결과가 나온 화면을 가만 바라보았다.

'부모님 모르게 자라는 치아.'

예전엔 인간의 평균 수명이 40~50세 정도라 자녀의 사랑니가 자랄 때쯤 부모님이 돌아가신다고 하여 '부모님 모르게 자라는 치아'라는 의미가 붙었다고 했다.

슬플 때는 다 지났다고 생각했다. 이제 와서 우는 건 어른스럽지 못한 거라고. 그런데 너는 아직 나이만 먹었지 전혀 어른이 되지 못했다는 듯 눈물이 삐죽삐죽 튀어나왔다. 예전 생각이 났다. 엄마가 떠나고 나서 유품을 정리하다 책꽂이에서 엄마의 일기장을 발견했는데 거기엔 차마 우리에게 말하지 못했던 엄마의 수많은 속마음들이 담겨있었다.

'내가 이 겨울을 이겨내고 다시 한 번의 봄을 맞이할 수 있을까.'

나에겐 아직 수많은 봄이 남아 있지만 엄마에게 그날의 봄은, 남은 생에 다시 볼 수 있을지 모르는 희망의 계절이었던 것이다. 마지막 잎새였던 것이다. 봄에는 엄마가 좋아하는 민들레가 핀다. 엄마는 마지막 한 번의 민들레를 보기 위해 언제 꺼질지 모르는 생명을 붙들어 놓고 있었다.

남은 사랑니를 다 뽑아내고 나면 보고 싶고 원망하고 마음 쓰린 이 모든 감정도 다 같이 날아가 줄까, 뽑힌 이처럼….

엄마가 하늘나라에 간 지 꼬박 3년째가 되던 봄, 나는 사랑니를 뽑으며 엄마를 생각했다.

코로나가 입국했다

"중국에서 지금 뭐가 난리라고?"

"감염병. 걸리면 막 죽고 그런다는데?"

"에이, 21세기에 무슨…. 흑사병도 아니고…."

난생처음 들어보는 우한이라는 중국의 한 도시에서 역시 듣도 보도 못한 감염병이 퍼지고 있다고 했다. 심하면 사람이 죽기도 하는 무서운 병. 그 증상이 마치 독감이나 폐렴과 비슷하여 '중국 독감' 또는 '우한 폐렴'이라는 명칭이 붙었다. 그리고 이 독감은 영문으로는 'COVID-19', 한글로는 '코로나19'라는 정식 명칭을 달고 여기저기 날개 돋친 듯 퍼져나갔다. 침으로 감염이 되고 같은 공간에 머무르는 정도만으로도 쉽게 전파되기 때문에 감염병이 확산하는 속도는 그야말로 급속도였고 중국 정부는 우한시를 봉쇄하는 지경에 이르렀다.

그래도 난 그걸 나와는 상관없는 남의 나라 얘기 정도로만 생각했는데, 정말 문자 그대로 '남의 나라 얘기'였기 때문이다. 그 '남의 나라'에 사람을 보내고 '남의 나라'에서 오는 사람을 받아야 하는 공항이 얼마나 바이러스에 취약한지는 나중에서야 실감하게 되었다. 왜냐하면 내가 한 가지 간과한 것이 있었는데, 그건 바로 중세 유럽에서 유행했던 흑사병과는 달리 21세기의 감염병은 비행기를 타고 여기도 갈 수 있고 저기도 갈 수 있었기 때문이다. 땅덩어리는 그대로지만 너무나 작아져 버린 지구촌은 전 세계가 하나의 '대륙'이나 마찬가지였다. 도시를 봉쇄하는 와중에도 하나둘 빠져나간 사람들이 비행기를 타고 여기저기로 바이러스를 옮겼다. 비행기는 바이러스가 전 세계로 빠르게 이동할 수 있는 그야말로 최적의 운송 수단이었다. 밀폐되고 밀집된 기내에서 버티다가 그곳을 벗어나면 자유롭게 숙주를 찾아 옮겨 다니는 것이 가능했던 것이다.

우리 기수가 입사하고 1년이 넘도록 회사는 신입을 채용하지 않았는데 그 말인즉슨, 1년이 넘는 기간 동안 우리가 막내 생활을 했다는 것이다. 막내의 업무 중 하나는 매일 카운터나 게이트 업무 시 필요한 각종 서류나 티켓, 백택 등의 뭉치들이 떨어지지 않도록 재고 관리를 하는 것이었다. 이 짓을 1년 넘게 반복하다 보니 전 노선의 기내 서류는 물론 국가별 도착비자 양식, 검역 서류, 각종 서약서, 오프로드 서류 등에 이르기까지 거의 모든 서류에 통달해가고 있었다.

그리고 어느 날 재고를 챙기러 창고 안에 들어선 나는 깜짝 놀랄 수밖에 없었다. 노랗고 하얗고 푸르딩딩한 형형색색의 처음 보는 검역 서류 상자들이 국가별로 주욱 들어차 있어 안 그래도 빽빽한 창고 안이 테트리스가 되어있었기 때문이다. 카운터 위에 비치될 빳빳하게 코팅된 새 고객용 안내문도 추가되었다.

- 최근 14일 이내에 중국에 다녀온 적이 있습니까?
- 출생지 또는 여권 발행지가 우한입니까?

이런 문장이 한국어, 영어, 중국어, 일본어 순으로 적혀있었다. 이제 거의 모든 국가에서 최근 2주 이내에 중국을 방문한 적이 있는 승객, 우한에 거주지가 있는 승객은 입국을 거부하고 있다고 했다. 당시에는 코로나19 초기 상황이라 어쩔 수 없이 '우한'이 중점이 될 수밖에 없었다. 중국인을 차별하겠다는 생각은 결단코 없었지만 내 앞의 승객이 중국 여권을 내밀면 괜시리 긴장이 됐다. 감염에 대한 우려 때문이 아니었다. 우한 행적이 있는 사람을 실수해서 그냥 보내 버렸다가 입국 거부라도 나면 큰일이었기 때문이다.

출국장뿐만 아니라 입국장은 상황이 더 심각했다. 이제껏 발열 카메라 앞을 통과하기만 하면 됐던 입국 검역 단계가 대폭 강화되었다. 검역 직원들의 유니폼은 방역복으로 바뀌었고 입국 도장도 찍기 전에 검역장에서부터 줄이 길게 늘어섰다. 예전 같았으면 검역장 이외의 모든 곳에서 줄을 섰겠지만, 이번만큼은 상황이 역전되었다. 검역장에서 검사를 해서 코로나 양성 반응이 나오면 승객이 타고 온, 인천에서 다시 어딘가로 날아갈 예정이었던 비행기도 연차를 내고 방역을 해야했다.

검역 직원들 외 공항 내 다른 직원들의 복장에도 큰 변화가 생겼다. '고오급' 서비스와 품위를 중시하던 항공사에서 마스크를 지급품으로 나눠주기 시작한 것이다. 이례적인 일이었다. 유니폼 이외에 무언가를 몸뚱아리에 걸치라고 나누어 주다니. 항공사는 유니폼 규정이 굉장히 까다로워서 바지 밑단이 발목 밑으로 몇 센티미터여야 하는지, 구두가 어때야 하는

지, 스카프 모양이 어때야 하는지 이런 것들이 세세하게 정해져 있었다. 객실 승무원들은 손톱 규정, 메이크업 규정까지도 있다고 들었다. 더군다나 서비스를 위해 밝은 미소와 정확한 발음 등등이 중시되는 이곳의 업무 특성상 얼굴을 가릴 수 있도록 허용하겠다는 것은 바이러스의 심각성을 한층 더 돋보이게 해주었다.

그래도 이때까지는 마스크만 잘 쓰면 해외여행이 불가능하진 않았다. 잠깐 이러다가 말겠지, 다들 이렇게 생각했고 나도 예외는 아니었다. 그런데 상황이 뒤바뀌는 건 코로나 확산세만큼 순식간이었다. 우리나라에도 확진자가 폭증했다는 소식이 뉴스 헤드라인을 장식했다. 한국에서 감염이 확산하자 주변국들은 재빠르게 한국인을 막기 시작했다.

- 한국인 무비자 금지. 비자 필요.

이 말인즉슨 비즈니스 출장이나 유학생 등을 제외한 한국인 관광객은 받지 않겠다는 소리였다. 갑자기 비행기 스케줄이 줄줄이 취소되기 시작했다. 중국의 한 작은 도시에서 시작된 이 '듣도 보도 못한 특이한 바이러스'가 한국의 홍만춘이라는 작은 존재에게 어떻게 그렇게 큰 영향을 끼칠 수 있는지, 그때는 미처 알지 못했다.

그렇게 코로나가 입국했다.

#안돼 #돌아가(2)

3장 | 환승 게이트

나의 세상 안에서 함께 떠돌았던 것들

Contents

코로나 시대에 정리 해고된 건에 대하여

2020년 초쯤, 나는 마음이 많이 아픈 아이였다. 천국에 있는 엄마가 들으면 뒤로 나자빠질 일이겠지만 어쩔 수 없다. 하루아침에 엄마가 없어진다는 건 굉장히 힘든 일이었다. 엄마가 죽고 나서 공황장애, 불안장애, 우울증 진단을 받았지만 티는 내지 않았다. 오히려 웃으면서 일 열심히 한다고 항공사에서 하는 무슨무슨 캠페인에서 서비스 우수 직원으로 선정돼 상으로 국제선 티켓도 받고 그랬다. 그게 '불쌍한 애'에게 주는 동정심 같은 상이었는지는 모를 일이었다.

하루하루 열심히 살면 나아지는 병인 줄 알았는데. 마음의 감기 같은 거라니까 진짜 감기처럼 금방 나을 수 있을 줄 알았는데. 이 자식들은 숙주가 죽어가든 말든 신경도 안 쓰고 저들끼리 매일매일 뇌 속에서 잔치를 벌였다.

잔치는 주로 밤에 열렸다. 숙주가 혼자 남은 시간, 어둠이 찾아오는 시간을 제일 좋아했다. 그러면 불쌍한 숙주는 BGM처럼 무한도전을 틀어놓고 침대에 누워 자기 연민에 빠진 채 '엄마'라는 단어를 입에 머금어 보곤 했다. 다시는 '엄마'라고 부를 사람이 이 세상에 존재하지 않는다는 쓰잘데기 없이 감상적인 생각에 빠져 쓰잘데기 없이 슬퍼했다. 아픈 생각은 하지 않으려 했는데 '아픈 생각 하지 말아야지' 하는 그 생각마저 아팠다.

엄마의 장례식 이후 반년을 넘게 버텼다. 그저 지나가는 시간에 어영부영 흘러들어 얼떨결에 버텨온 건지, 어딘가에 잠식되지 않으려고 발버둥 치는 새에 여기까지 멱살 잡혀 끌려온 건지 잘 모르겠지만 아무튼 더이상은 아무것도 못 할 것 같았다. 공항에서 갑자기 공황발작이 왔다거나 쓰러졌다거나 하는 일은 아쉽게도(?) 없었다. 하지만 발작에 대한 두려움, 공황장애의 합병증인 불안과 우울은 차곡차곡 쌓였고 고통에 대한 이자는 복리로 붙었다.

그렇게 나는 개복치로 진화(혹은 퇴화)했다. 개미 손톱만 한 실수에도 태평양만 한 자괴감이 들었다. 예를 들어, 비행기 탑승 시작 시각이 출항 30분 전이라고 친다면, 35분 전이라고 착각해서 보딩사인을 받기 위해 5분 일찍 기내로 내려갔다가 사무장님과 아다리가 안 맞는다. 그러면 나는 나의 완벽하지 못함을 자책하며 퇴근하고 잠들기 전까지도 기분이 안 좋다거나 하는 식이었다. 어쩌면 지각하는 것보다 일찍 나가서 기다리는 게 더 나았을지도 모름에도 불구하고. 일 끝나고 약속이 있으면 놀면서도 기분이 구린 동시에 내일 일이 걱정되기 시작했다. 제대로 놀 수 있을 리가 없었다. 나는 아직 벌어지지도 않은 내일의 실수에 대한 자책까지 가불해서 했다.

'분명히 내일 내 게이트에 환승객이 있을 거야. 근데 겁나 많은 거지. 심지어 특이 국적이야. 리스트를 만들어가야 하는데 카운터 줄 빼느라 바빠서 리스트를 못 만들었어. 그래서 선배한테도 혼나고 결국엔 환승객 백도 안 맞고, 자기 수하물을 못 받은 환승객한테 컴플레인 레터도 받고, 경위서도 쓰고, 나는 망하는 거지!'

대충 이런 식이었다. 이렇게 밑도 끝도 없는 자책을 하고 나면 결국에 남는 건 자기 비하와 괴로움이었다. 나를 미워하는 나는 전혀 쿨하지 않았다. 하루하루 정신이 망가져 가는 게 느껴졌고 나는 점점 나약해져만 갔다. 그럼에도 불구하고 이기적이었던 나는 회사를 그만두기는 싫었다. 전 회사를 그만두고 공항에 들어오기까지 취업 준비 기간이 길었던 것도 있었지만, 무엇보다 엄마가 너무 좋아했었기 때문이다.

"우리 작은 딸이 인천공항에서 근무하는 땅 승무원이야!"

실제로 이런 말은 없다. 우리 엄마가 지어냈다. 그렇지만 엄마 입에서 나오는 '땅 승무원'이라는 단어는 너무나 귀엽고 사랑스러워서 굳이 정정해주고 싶은 마음이 들지 않았다. 오히려 그 단어가 주는 울림이 좋았다. 내가 엄마의 '땅 승무원'인 게 좋았다.

나는 복귀가 가능한 병가를 쓰고 싶었다. 그러나 병가를 내려면 회사에 내 병을 다 까발려야 했다. 안 그래도 계약직 신분인데 공황장애가 있다고 밝히는 게 옳은 일은 아닌 것 같았다. 퇴사는 하기 싫고 병가는 쓰고 싶은데 병명도 밝히기가 싫었다. 이기적인 거 나도 아는데, 이렇게 이기적일 수밖에 없는 나 자신이 한심해서 눈물도 안 났다. 그야말로 나는 패닉 상태였다.

그리고 그때쯤 우리나라에 상륙한 코로나19로 공항도 패닉 상태가 되었다. 사람들은 몇 달 전부터 계획했던 해외여행을 비싼 수수료를 물면서까지 취소해댔고, 성수기와 극성수기밖에 없다는 우스갯소리가 존재하던 인천공항엔 서서히 여행객들이 줄어갔다. 여행객이 줄어든 만큼 비행기도 줄었다. 하루 전에 픽스되는 비행기 스케줄에 맞춰 오피스에선 다음날 출근 예정인 직원들에게 내일 혹시 연차를 쓰겠냐며 전화를 돌리기 바빴다. 수익이 줄자 회사에선 직원들에게 무급 휴직을 장려했다. 때마침 쉬고는 싶었지만 병명을 밝히면 회사에서 잘릴까 봐 선불리 병가를 내지 못하던 나에겐 더할 나위 없이 좋은 기회였다. 나는 나보다 더 오랜 기간 근무했던 다른 누구보다 길게 휴가를 냈다. 무려 두 달. 아무 생각 없이 푹 쉬기엔 참 괜찮은 기간이라 생각하며 주저 않고 회사의 재정 상황에 이바지했다.

그러나 두 달이 흘렀어도 나는 공항으로 되돌아갈 수 없었다. 코로나19는 도무지 잡힐 줄을 몰랐다. 마스크 가격은 천정부지로 치솟았지만 비행기는 더 이상 떠오르지 못했다. 더 많은 직원들이 반강제적으로 무급 휴직을 신청했다.

그러던 어느 날 제주공항에 파견 근무할 당시 친해졌던 막내 직원들이 수차례 무급 휴직을 갱신한 끝에 결국 계약 만료 통보를 받았다고 했다. 우리 회사는 이제껏 본인이 자발적으로 그만둔 경우 외에는 대부분 계약을 연장해줬다. 그래서 직원들은 대부분 자취집 계약을 연장하거나 새로운 오피스텔로 옮기는 등 그에 대한 준비를 해온 상태였다. 하지만 결국 제주공항 막내 직원들은 바이러스가 잠잠해지고 회사가 채용이 필요할 때 가장 우선적으로 복귀를 시켜주겠다는 조건을 받아들이고 회사를 나간 첫 번째 희생양이 되었다.

그렇게 제주공항을 시작으로 전국 공항에서 근무하는 계약직들이 하나둘 줄줄이 소시지처럼 잘려 나갔다.

나 역시 6개월간 무급 휴직, 유급 휴직을 전전하며 지내던 어느 날이었다. 나는 분명 잠에서 깼는데 마치 악몽을 꾸고 있는 것 같았다. 잘 떠지지도 않는 눈으로 회사 메일 앱 모양의 알림을 확인하고서 간신히 들어갔을 때, 아직 이곳이 꿈이라고 믿고 싶었다. 만에 하나라도 복직하라는 내용일 수도 있지 않을까, 하는 헛된 희망을 짓밟으며 나에게 도착한 메일은 '계약 만료 안내 사항'이었다.

자리에서 일어나 세수를 했다. 이미 찬물을 끼얹은 듯 말짱한 정신이었지만 더더욱 말짱하게 한 번 더 보고 싶었다. 혹여나 내가 놓친 부분이 있을까 싶었던 것이다. 하지만 다시 봐도 그런 것 따윈 없었고, 그저 나가달라는 말을 정중하게 써놓은 개소리에 불과했다. 정규직 전환이 얼마 남지 않은 시점이었다.

같이 일했던 직원들에게 수고했다는 말 한마디 듣지 못한 채 얼레벌레 쫓겨나듯 회사를 나와야만 했던 것이 공항에서의 마지막이 되어서는 안 된다고, 이런 결말은 안 된다고 생각했다. 내 인생이 드라마나 영화는 아니지만, 해피엔딩까지는 아니더라도 적어도 이런 결말이어서는 안 된다고, 차마 끄지 못한 메일함을 앞에 두고 미련처럼 흐르는 눈물을 닦았다.

곧 다시 불러줄 줄 알았다. 자의로 그만둔 게 아니다 보니 서운하기도 했고 미련도 많이 남았다. 마치 애인에게 차이고 나서 바보같이 잊지 못하고 다시 연락해주길 바라는 모양새 같았다. 하지만 헛된 기대는 1주일, 1개월을 지나 1년이 넘도록 계속됐다. 일할 때는 병가를 내서라도 쉬고 싶었는데, 힘들었는데, 진짜 분명 힘들었는데 이제 더 이상 나오지 말라고 하니까 괜히 그게 더 힘든 것 같고 속이 상했다.

아직 항공사에서 월급 타 먹고 있는 분들은 모두 '탈 항공'을 했다며 축하해 줬지만 그것이 자의적 탈 항공이 아니라 타의적이었단 점에선 참 거시기했다. 그렇게 회사에서 잘린 나는 경제적 자유도 잃고 님을 향한 사랑도 잃었지만 적어도 새로운 인생을 살아볼 기회는 얻지 않았나 하고 강제적 긍정왕이 되어보기로 했다.

사랑했지만 사랑받지 못했음에 대하여, 그저 수많은 부품 중 하나였대도 좋았다며 미련함을 숨기지 못하는 글을 쓰고 있지만 사실은 모든 게 덧없음이다. 코로나가 모든 걸 집어삼킨 이 시대는 언젠간 끝날지도 끝나지 않을지도 모르지만, 그것이 우리들의 모든 것을 앗아가진 말았으면 하는 바람이다.

죽고 싶지만 플렉스도 하고 싶어

공항에 다닐 때는 불안증세가 자주 따라다녔다. 이것은 대부분 회사 생활에서 기인한 것이었다. 우리 회사에서는 다음 날 스케줄을 보통 전날 저녁이나 밤늦게 회사 게시판에 공지하였기에 내가 어떤 업무를 누구와 하게 되는지 그전까진 알 수 없었다. 다음 날 새벽 4시 출근이어도 전날 밤 9시까지 스케줄이 올라와 있지 않으면 잠들 수 없었고 피하고 싶은 직원과 같은 게이트에라도 붙는 날이면 불안감에 뜬눈으로 밤을 지새워야 했다. 그런데 코로나19가 터지고 휴직에 들어가고 나니 불안증세가 씻은 듯이 나았다. 대신 우울증이 심하게 왔다.

우울한 기분이 들면 나는 인터넷 쇼핑을 했다. 당시 나는 나의 슬픔과 우울과 고난과 번뇌를 담아 '구매하기' 버튼에 날려 보냈다. 살아 숨 쉬는 기쁨은 소비 행위를 할 때에만 오롯이 나에게 허락되는 것 같았다. 유일하게 하루 중 가장 행복한 순간이었다. 쇼핑을 통해 우울을 잊고 자존감을 높일 수 있었다. 소비는 마약이었다. 진짜 마약은 불법이지만 소비는 내가 암거래를 하지 않는 이상 합법적이었다. (불법인 게 나을 뻔했다.)

예전에 매번 카드값 갚느라 돈이 없고 그럼 또 신용 카드를 쓰게 되고 그럼 다음 달 월급이 나오면 또 카드값 갚느라 돈이 없다고, 이런 얘기를 했더니 한 공항 선배가 "그거 일부만 이번 달에 갚고 일부는 천천히 갚을 수도 있어요. 카드사 앱에서 신청하면 되고 엄청 간단한데 한번 알아봐요" 했다. 내가 나름 사회생활 경력이 꽤 되는데 이런 건 또 몰랐다고 자책하며 당장 해당 서비스를 찾아 신청했다. 그게 '리볼빙'이라는 이름의 악랄한 고금리 상품이었다는 건 나중에 당시 사귀던 남자친구한테 3시간 동안 호되게 혼나면서 알았다. 결국 난 고작 현금 카드를 쓰겠다고 매달 10퍼센트가 넘는 이자를 카드사에 바치고 있었던 것이다. 청약 적금을 깨고 리볼빙을 갚으며 아까운 마음을 금할 길이 없었지만 언젠가 먼 미래에 살게 될 집 보다는 지금 당장 내야 할 이자가 더 뼈아팠으므로 어쩔 수 없었다.

그런 와중에도 나는 쇼핑을 멈추지 못했다. 내 손모가지나 눈이나 뇌, 셋 중 하나가 절단나야 끝이 나는 게임 같았다. 나는 귀여운 월급에서 모아온 귀여운 저금들을 야금야금 빼다 쓰며 내가 쓸 수 있는 최대치의 돈을 썼다. 꼭 필요해서 사야 하는 생필품 같은 것도 있었지만 대개는 그냥 사고 싶어서 사는 물건들이었다. 개중 내가 안 사고는 못 배겼던 물건 3가지만 소개해 보자면 이렇다.

책

어렸을 때부터 책은 사서 읽는 거라는 인식이 강했다. 왜냐하면 읽고 싶은 책은 엄마가 다 사주셨기 때문이다. 그런데 이런 인식이 잘못된 소비 습관을 만나 이상한 쪽으로 터져 버렸다. 당시 모 인터넷 서점에선 굿즈를 사면 책을 주는, 아, 아니, 책을 사면 굿즈를 주는 이벤트를 종종 열었다. 그러면 나는 '책은 좋은 것'이라는 사회적 인식에 예쁜 굿즈까지 더해져, 더할 나위 없는 노양심이 되어 책이 조금만 재밌어 보인다 싶으면 죄다 사들였다. 그렇게 읽지도 않을 책들이 차곡차곡 책장에 쌓여갔다. 또 해당 사이트에선 연말마다 한 해 동안 내가 무슨 책을 얼마나 샀는지 분석해주기도 했는데 '고객님은 20대 여성 상위 1%입니다' 하는 문구 따위에 매료됐던 것 같다. 나 책 읽는 여자야, 나 서점 플래티넘 회원이야, 하는 우월감 같은 거 말이다. 리볼빙 때문에 승질(?)이 난 남자 친구가 너 그거 다 허세라며 싹 갖다 팔 것을 종용했는데 당시엔 "1년에 1권도 안 읽는 네가 할 말은 아니죠"라며 맞받아쳤던 것 같으나 지금은 인정한다. 책도 적당히 사야 하는 거였다.

인테리어 소품

왜, 코로나가 터지고 집에 머무는 시간이 늘자 인테리어와 가전 매출이 급상승했다고 하지 않던가? 거기에 내가 '야악간'의 일조를 했다고 볼 수 있다. 저 공간에 이 수납장이 있었으면 좋겠고 이 공간엔 저 소품이 있었으면 참 좋겠다는 생각들이 머릿속에서 끊이지 않았다. 당시 나는 결혼을 약속했으나 지방 발령으로 인해 저어 멀리 내려가 있는 남자 친구를 대신해 인천에 있는 그의 집에 들어가 살고 있었다. 그런데 그 집의 인테리어 스타일이 내가 원하던 스타일과 너무 달라 하나를 사니 그에 어울리는 걸로 맞춰 열 개를 더 사야 했다. 평소라면

'가구는 무조건 화이트로 맞추라'는 인생 선배님들의 진리를 받들었겠지만 별안간 앤틱(을 흉내낸 기성품)에 빠져 수납장, 이불, 각종 소품 등등을 앤틱 스타일로 갈아치웠다. '어차피 결혼하면 여기 혼수 내가 다 해와야 할 텐데 미리 좀 꾸며 놓지, 뭐' 하는 정신 나간 생각으로 그나마 남아있던 돈마저 털어 집을 꾸몄지만 내 정신머리는 하나도 꾸며지지 않은 채 황폐해져만 갔다.

옷

유니폼을 입을 적엔 사복이 그다지 필요치 않았다. 월화수목금토일 똑같은 옷만 입으니 세탁만 잘하면 되었지만, 휴직 중이라 그런지 옷을 사는 빈도가 점점 늘기 시작하더니 종국엔 택이나 비닐조차 뜯지 않은 옷들이 쌓이기 시작했다. 주범은 ○○마켓이라는 온라인 쇼핑몰이었는데 SNS로 소통하는 라이브 방송에 빠져 라이브로 홍보하는 모든 옷을 사들였다. 엄마와 딸이 함께 하는 라이브 방송을 보며 부럽기도 하고 위로를 받기도 했다. 이들은 옷만 파는 게 아니라 종종 일반 라이브 방송도 열어 고민 상담이나 인생 얘기 같은 걸 해주기도 했다. 마치 엄마가 들려주는 이야기 같아서 속절없이 빠져버렸고 속절없이 사재꼈다. 업데이트되는 모든 옷을 사들인 결과로 ○○마켓의 VIP를 찍고 나서야 일반 등급으로 떨어질 수 있었고 그렇게 남겨진 옷들과 카드값은 나에게 뼈아픈 교훈만을 남겼다.

적금은 티끌 모아 티끌인데 왜 카드값은 티끌 모아 태산이 되는 건지. 버는 돈은 없는데 쓰는 돈은 자꾸만 쌓여가니 그동안 모아뒀던 저금들은 마파람에 게 눈 감추듯 사라져 버렸고 가족들은 이런 내 모습을 보며 혀를 끌끌 차기도 했다.

"그럼 직장살이 5년 동안 모아놓은 돈은 하나도 없고 결국 제로인 거네?"

"뭐, 그렇지."

가족들이 보던 내 모습은 '백수. 찐따. 놈팽이. 철없는 자식' 정도였을 거다. 남자 친구에게도 비슷한 말을 들었으니 가족에게만 이렇게 보인 건 아니었던 것 같다.

내가 원하던 모습에서 점점 멀어져 가는 나의 모습과, 주변인들의 한심하단 듯한 시선과, 쪼들려 가는 재정 상태와, 계속되는 무급 휴직과, 복귀가 확실치 않은 상황 등을 갈아서 누군가 친절하게도 유리병에 넣어주었고, 그것을 마신 나는 이상한 나라의 앨리스처럼 조그맣게 조그맣게 작아져 버렸다. 조그매진 나는 자존감도, 자신감도, 의지도 잃었다. 어느 순간

외출하려고 나선 길은 흐물흐물 뒤틀렸고 지하철 벽은 아지랑이 피어오르듯 출렁거리기 시작했다. 그곳이 나의 이상한 나라였다.

이상한 나라에서 나는 이상한 생각을 참 많이 했다. 나는 행복해지기 위해 소비를 했지만 궁극적인 행복은 가져다주지 못했다. 내 행복을 추구한 결괏값은 카드값과 한숨 소리, 잔소리였다. 나는 무엇에도 기댈 수 없었고 그저 엄마가 보고 싶다는 생각밖에 하지 못했다. 오직 이 세상에 없는 엄마만이 나를 위로해주고 나를 안아줄 수 있을 것만 같았다. 나는 꿈에서라도 엄마가 보고 싶었는데, 엄마한테 마지막 한 번만이라도 말을 걸어보고 싶었는데, 매정한 엄마는 코빼기도 내비치지 않았다. 그렇다면 그냥 내가 보러 가면 안 될까. 그건 다시 말해 죽고 싶다는 소리였다.

다니던 정신과에서는 조심스럽게 입원을 권유했지만 그건 싫다고 했다. 뭔가 되돌아올 수 없는 강을 건너는 느낌이어서 그랬다. 그저 정신과에 '다니는' 것과 '입원하는' 것은 큰 차이가 있다고 생각했다. 대신 약도 꼬박꼬박 먹고 병원도 잘 다니겠다고 선생님과 약속했다. 그리고 필연적이게도 내 정신과 방문 주기는 3주일에서 1주일로 대폭 줄어들었다. 병원에서 나와 1주일 치 약을 덜렁덜렁 들고 집으로 돌아가는 길에 펑펑 울었다. 아무렇지 않은 척, 괜찮은 척해야 병원에 가는 주기가 길어진다는 걸 알고 있었다. 하지만 거짓말을 할 수는 없었다. 마스크 속으로 눈물이 들어가 닦지도 못하고 그렇게 마스크를 적셨다. 그나마 입원이 강요가 아니었다는 점에서 잠시나마 기뻤을 뿐이었다.

나는 점점 자기 연민에 빠져들었다. 우울한 와중에도 우울에 빠진 나 자신이 꽤나 불쌍해 보이는 것이었다. 그제는 이 이유 때문에 울고 어제는 저 이유 때문에 울고 아무튼간 모종의 이유로 나는 매일 몸속의 수분이 일정량 이상 남아있으면 큰일이라도 나는 사람마냥, 백수라 일이 없으니 주기적으로 수분을 쥐어 짜내는 일이라도 했는데, 그렇게 울고 있으면 그 울고 있는 모습이 또 좀 슬퍼져서 그대로 유서를 쓰러 책상으로 직행했다. 유서는 꼭 울면서 써야 했다. 덤덤하게 쓰면 그 맛이 안 났다. 눈물도 좀 한두 방울 떨궈져야 유서의 깊은 맛이 난달까.

그러면 이제 사랑하는 누구누구부터 시작해서 먼저 가서 미안하다는 식으로 마무리를 했다.

당시 나는 죽음에 초연했다. 사랑하는 사람을 떠나보내는 경험을 해보니 죽음도 별것 없어 뵀다. 그러나 내가 먼저 죽으면 주변인들이 많이 슬퍼할 게 분명했기 때문에 유서는 꼭 남겨야 했다. 많이 슬퍼하지 말라고. 나는 최선을 다해 살다 간다고. 그리고 나 보험 다섯 개나 있다고.

내 생애 마지막 문장들이 담긴 A4용지를 반으로 곱게 접어 책상 옆 책장에 끼워 넣었다. 내가 죽고 나면 누군가는 발견해주기를. 그런데 그 발견하는 사람이 아빠는 아니기를. 자식이 먼저 간 슬픔은 이루 말할 수 없다는데 유서까지 발견하면 안 그래도 눈물 많은 우리 아빠 얼마나 슬퍼할거나, 하는 이런저런 생각에 잠 못 들고 뒤척이다 샐녘에야 까무룩 잠이 들곤 했다.

그리고 눈을 뜨면 또다시 인터넷 쇼핑을 했다. 인터넷은 마치 우주처럼 무질서한 질서가 있어서 사방에 물건을 띄우고 구매하는 과정이 일사천리로 이루어졌다. 내 소우주도 퍼질러져 있는 대신 이렇게 좀 빠릿빠릿 돌아갔으면 지금쯤 나는 백수가 아니었으려나?

그렇다고 내가 그 당시 아무것도 한 게 없냐 하면 그건 또 아니었다. 코로나가 잡힐 기미가 없자 결국 퇴직 통보를 받은 나는 공부해서 자격증도 따고 토익 시험도 보러 다녔다. 여기저기 이력서도 많이 냈다. 문제는 공부하고 자소서를 쓰기 위해 카페로 출퇴근을 했기 때문에 그 와중에 또 소비를 했다는 점이 일반 쇼핑과는 조금 다를 뿐이었다.

남자 친구는 이런 등신 머저리 찐따 같은 내 모습을 못 견디고 이별을 고했다. 울며불며 매달렸지만 돌아온 말은 이거였다.

"기타 생활비, 여행 경비 등 그동안 내가 낸 돈이 훨씬 더 많으니 다 합쳐 100만 원, 아참, 그리고 사줬던 애플워치도 두고 가세요. 그동안 내가 냈던 비용은 이렇게 받는 걸로 정산하겠습니다. 다시 만나는 건 위의 비용들이 정산되고 나서 생각해 보는 걸로 하겠습니다."

그는 화가 아주 많이 났고, 홍생충(홍만춘-기생충)의 숙주 역할을 멋들어지게 해낸 대신 돈을 내놓고 가라고 했다. 울며불며 매달렸던 것이 언제였나 싶게 정이 확 떨어졌다. 아마 이걸 원한 거라면 그는 엄청나게 성공한 거였다. 지금 당장은 돈이 없으니 생기면 드리겠다고, 애플워치도 두고 가겠다고 말하며 메신저 앱에서 차단을 눌렀다.

나는 엄마가 돌아가시고 나서 하루빨리 화목한 가정을 이루기를 소원하며 엄마가 내 곁을 떠난 허전함을 결혼으로 메꾸려 했고, 그는 통상적인 결혼 적령기를 훌쩍 넘겼기에 우리는 빠른 결혼을 원한다는 점에서 꽤 죽이 잘 맞아 보였으나 그 외의 것들에선 죽을 쒔다. 그리고 결국 내 삐죽빼죽한 정신 상태가 그에게 좋은 배우자가 되기를 거부하며 관계는 파탄이 났다.

그렇게 숙주에서 튕겨져 나온 나는 한층 더 마음이 아팠고 한층 더 절박해졌다. 닥치는 대로 이력서를 넣었다. 다시는 디자인 안 한다며 첫 회사에서 뛰쳐나왔지만 지금은 그런 속 편한 소리나 하고 있을 때가 아니었다. 그나마 다행이었던 건 전에 서류를 넣었던 곳들 중 가장 가고 싶었던 회사에서 면접을 보라는 연락이 왔다는 점이었다. 2년짜리 경력 계약직이었지만 돈을 제일 많이 줬다. 디자인에서 공항으로, 공항에서 다시 디자인이라는 특이한 이력이 발목을 잡진 않을까 걱정되었으나 다행히도 나는 취업에 성공했다. 그와 헤어진 지 한 달도 채 지나지 않은 시점이었다.

나는 경제적 자립의 증거로 30만 원짜리 플렉스를 했다. 새로운 애플워치였다. 나도 이제 내가 번 돈으로 손목에 멋진 사과를 달 수 있게 된 것이다. 그렇게 앞으로 멋진 나날들만 생기나 싶던 찰나였다. 어느 날 공항 동기 사라에게서 메시지가 왔다.

- 언니, 혹시 지금 시간 돼?

- 응. 무슨 일이야?

- 그게… 언니 전 남자 친구한테서 연락이 왔는데….

- 뭐? 너한테 왜?

- 언니가 그분한테서 100만 원을 가져갔는데 안 돌려준대. 근데 언니가 차단을 해서 연락을 할 수가 없대.

- 뭐라고?

그래. 이건 내 업보가 분명했다. 우울에 갇혀 상황 판단을 제대로 하지 못한 업보. 그 길로 메신저 앱의 차단을 풀고 100만 원을 입금하고 다시 차단을 눌렀다. 그가 그토록 원하던 숙주 고용비 100만 원을 지급한 것이다. 원망과 죄책감이 떨어져 나가고 동등한 연인으로서의 이별을 해낸 기분이었다. 무소불위의 권력을 자랑하던 동굴 속 하트 여왕의 소굴에서 벗어난 앨리스가 된 것이다.

내가 회사를 다니지 못하는 머저리 히키코모리가 아니란 걸 알았는지 가족들도 잔소리를 끊었고 나도 먹던 약을 끊었다. 그리고 아이러니하게도 돈을 벌기 시작하자 쇼핑도 끊을 수 있었다. 내내 토끼를 쫓아다녔던 컴컴한 땅속 동굴에서 벗어나니 더 이상 토끼를 찾을 필요가 없어졌고 참으로 희한한 꿈이었다며 미소 지을 수 있게 되었다.

다들 회사에 자신의 노동력을 바치고 월급만을 받지만 나는 월급과 함께 그 이상의 무언가를 얻었다고 자부할 수 있다. 이제 나는 더 이상 이상한 나라에 살지 않기 때문이다.

#사과 #좋아

한양에서 집 구하기 빡세구나

20대로서 보내는 마지막 생일이 지난 스물아홉의 어느 늦은 봄이었다. 나는 온라인 쇼핑몰 웹디자이너, 공항 지상 직원을 거쳐 세 번째 직장에 다니고 있으며 세 번째 직장이라는 말이 무색하게 모아놓은 돈은 하나도 없고 그런 주제에 서울에 붙어살고 있다. 나는 스무 살에 서울에 상경한 지방 출신인데 영종도, 제주도 등에 잠시 거주한 것을 빼면 20대의 거의 대부분을 서울에서 생활했다.

공항을 그만둔 후에도 서울에서 새로이 취직을 했기 때문에 서울에서 이 한 몸 누이고 살 자취집을 구해야 했다. 그런데 내

수중엔 월세 보증금의 '비읍'도 없었다. 생활비도 간당간당한데 모아놓은 돈이 있을 리가 만무했다. 급한 대로 단기 임대로 집을 구해 살며 보증금을 단 500만 원이라도 모아볼 생각이었다. 그 당시 항공 업계는 코로나19로 인해 어쩔 수 없이 휴직에 들어간 직원이 반 이상이라고 해도 과언이 아닐 정도로 상황이 심각했다. (그렇게 나도 잘렸다.) 반강제적으로 휴직계를 낸 직원들이 본가로 내려가며 본인들의 자취집을 굴려 돈이라도 벌 요량으로 종종 단기 임대를 내놓곤 했었고 보증금이 없던 나는 그렇게라도 그들의 집을 구해 살았다. 임차인의 임차인이 되어…. 그러니까 빌린 집을 빌려 산 거다. (하지만 이런 주거 형태는 정식 계약에 의한 것이 아니기 때문에 감히 추천하지는 않는다.)

공항을 그만둔 뒤로도 꾸준히 연락하는 동기 사라와 그녀의 남자 친구 민과 나는 셋이서 친하게 지내는 편이었는데 어느 날 민이 나에게 무려 전세를 권해주었다.

"전세자금 대출받아서 전세로 가, 만춘아. 대출 이자 해도 한 달에 10만 원 언저리밖에 안 나와."

내가 전세라니! 대출이라니! 이것은 마치 콜럼버스가 원피스의 고잉메리호를 타고 아메리카 대륙으로 항해하는 듯한 느낌이었다. 심장이 펄떡펄떡 뛰었다.

"그건 어떻게 받는 건데?"

그리하여 지식인들이 모여 산다는 초록나라로 단기 유학을 떠나 전세자금 대출에 대해 공부하기 시작했다. 보증 회사에 따라 같은 전세자금 대출이라도 다양한 상품들이 있는데 대출 한도, 최대 한도 등이 모두 다르고 같은 집이라도 A상품은 되고 B상품은 안 되고 뭣이 상당히 복잡시럽기 때문에 부동산과 은행에 바지런히 발품을 파는 수밖에 없었다.

내가 알아본 바로 요새는 '중기청'이라는 대출이 그렇게 핫하다고 했다. 중기청은 '중소기업 청년 전세자금 대출'의 줄임말인데, 또 요즘 대세는 따라줘야 인지상정인고로 중기청을 받을 수 있을지, 한도는 얼마나 나올지 가심사를 돌려보러 은행에 들렀다.

내가 현재 세 번째로 터 잡고 일하는 곳은 대기업이었지만 파견 계약직이라 소속 회사는 중소기업이었으므로 문제 될 건 없었다. 그런데 문제가 있었다. 문제가 없었는데 있었다! 내 연봉이 중기청을 받을 수 있는 연봉 기준을 '70만 원' 초과한다는 거였다.

"월급 70만 원이요?"

"아뇨, 연봉 70만 원이요, 고객님."

무슨 이런 개 같은 경우가. 그러니까 예를 들어 연봉 기준이 3천만 원이라고 친다면 내 연봉이 3천 70만 원이기 때문에 안 된다는 거였다. 남들보다 1년에 70만 원, 한 달에 꼴랑 5만 원 꼴인데!

"이건 세전 금액이고 세후로 치면 이만큼밖에 안 되는데, 그래도 안 되나요?"

"보통 이런 건 세전 금액으로 해서요. 이 상품은 불가능할 것 같습니다."

망할.

"그럼 저 신용 대출은 받을 수 있나요?"

나한텐 담보로 뭘 잡을만한 게 29년간 애지중지 키워온 장기 빼면 단 코딱지만큼도 없었으므로 애당초 담보 대출은 실현 불가능했다. 코딱지로 담보를 잡을 순 없기에….

"입사한 지 얼마나 되셨죠?"

"3개월 정도요."

"3개월이면 안 될 것 같은데…."

은행 직원이 말을 흐렸다.

"혹시 전 직장 그만둔 지 오래되셨어요?"

"작년 8월에 그만뒀어요."

"그럼 지금 직장 입사 날짜와 텀이 어느 정도인가요?"

"대충… 6개월?"

"아…."

사연은 이러했다. 내가 들른 K은행의 경우 전 직장과 현 직장 간의 텀이 6개월 이내면 전 직장의 재직 기간도 인정을 받을 수 있다고 하는데 그게 딱 6개월 이내로 들어와야 했다. 나는 진짜 기가 막히게도 6개월 하고도 12일이었다.

망할. (2)

스물아홉 먹고 처음 도전한 대출의 세계는 혼돈의 카오스, 혼란의 도가니탕이었다.

"그럼 제가 받을 수 있는 게… 있긴 할까요?"

"잠시만요."

그리하여 중기청보다 한도는 3천만 원 정도 낮고 금리도 약간 더 높지만 보증금의 최대 90퍼센트까지 지원되는 청년 맞춤형 어쩌고 상품이 현재 내 조건에 가능하다고 해서 그걸 받기로 했다. 쥐꼬리도 없는 나지만 아직 내 나이만큼은 '청년' 기준엔 부합하는 모양이라 다행이었다. 하지만 이 한도에 맞추려면 서울에서 전세로는 구하기 힘들고 반전세를 찾아봐야 할 것 같았다. 그리고 신용 대출을 같이 받을 거라면 신용 대출을 먼저 받은 다음 전세자금 대출 신청을 해야 심사 중간에 신용 등급이 바뀌지 않아 부결될 가능성이 낮으니 순서는 신용-

전세 순으로 하는 게 좋겠다고 했다.

나도 자꾸만 내 두뇌가 저장하기를 거부하는 전셋집에 살아 본 기억이 있긴 있었다. 몇 년 전에 살았던 서울대 입구와 신림의 중간 어디쯤의 달동네 비슷한 곳에 있는 집이었는데 그곳은 무려 3천만 원짜리 전세였다. 요즘 서울에 얼마 없다는 전세에 저렴한 가격 때문에 이런 '희귀 매물'은 발견하는 즉시 계약해야 한다는 부동산의 말에 팔랑팔랑 넘어간 나는 서울대입구역에서 내려 버스를 타고 저어 골짝까지 들어가야 하는 집에다 방을 구했다. 나는 매일 버스를 탈 때마다 버스와 나의 안위를 걱정해야만 했다. 경사가 너무 가팔라서 까딱하면 뒤로 굴러떨어질 것만 같았기 때문이다.

그리고 가끔 이게 월세인지 전세인지 나를 헷갈리게 만들었던 게, 엘리베이터도 없는 4~5평짜리 빌라 원룸의 관리비를 한 달에 20만 원이나 받아먹었기 때문이다. 중앙난방이라 겨울에도 보일러를 빵빵하게 틀어준다는 게 그 이유였다. 그럼 왜 여름에도 똑같은 돈을 받아 가는 건지 궁금했지만 그러려니 했다. 이건 '희귀 매물'이니까. 그리고 한 번의 겨울을 겪고 나서 깨달았다. 5평짜리 방에 중앙난방으로 보일러를 틀어놓으면 온도 조절을 창문으로 해야 한다는 것을. 그런데 이 천연

수동식 온도조절은 생각보다 문제가 많았다. 창문을 안 열자니 너무 덥고 그렇다고 열자니 너무 춥고 조금만 열자니 열린 부분만 추웠다.

전세 사기는 아니었지만 '관리비 사기'와 수동 온도조절의 부조리함에 지친 나는 계약이 끝난 후 이사를 결정했고 월세 50만 원짜리 신축 오피스텔에 살며 개별 난방의 자유를 누렸다. 하지만 그런 자유를 누리던 세월을 돌고 돌아 다시 여기라니….

아무튼 전세 대출이 해결됐으니 이제 신용 대출만 남았다. 보증금의 90퍼센트가 전세자금 대출로 가능하다면 나머지 10퍼센트는 신용 대출로 메꿔야 하지 않겠는가? 아까 말했다시피 난 수중에 보증금의 '비읍' 자도 없었다. 어차피 이 은행에선 전세 대출을 받기로 했으니 신용 대출은 다른 은행에서 받아야 했다. 그리하여 연차를 쓰고 은행 순회에 나서기로 했다.

H은행에선 처음엔 일사천리로 일이 진행되는 듯했다. 대출 받으러 왔다 하니 아무것도 묻지도 따지지도 않고 사인하라며 서류부터 내밀기에 오, 이 은행은 이름부터가 전능하신 신의 이름과 똑같아서 그런지 프로세스가 굉장히 혁신적이구나 그래, 하며 신나게 사인을 하고 "변동금리고요, 원리금균등상환

하실 거죠?" 하는 외계어에 얼추 알아들은 척 고개를 끄덕끄덕하고 있자니 그제서야 모니터를 쳐다보던 직원분의 표정이 굳어지며 죄송하지만 고객님은 대출이 불가하시겠다며 서류를 다시 내놓으라고 했다. 전능하신 그분의 직원께서 말씀하시길,

"고객님이 너무 급해 보이셔서 저도 빨리 해 드리려고 한 거였는데 대출이 안 나올 것 같네요. 서류는 제가 잘 폐기하겠습니다."

하시었다.

그렇게 첫 번째 은행에서 쫓겨난 나는 W은행에 찾아갔다. 앵무새처럼 이번에도 대출받으러 왔다 하니,

"아직 저희 은행에 계좌가 없으시군요. 그런데 왜 굳이 저희 은행에서 대출을 받으려 하시죠?"

하며 날카로운 질문을 했다. 아니 주거래 은행이 아니면 대출도 못 받는 게야? 서운한 마음을 감추고 혹시 전 직장 근무기간도 인정받을 수 있느냐 물어보니 자기네들은 현 직장으로만 계산하기 때문에 전 직장은 인정이 안 된다고 했다. 그리고 고객님은 지금 당장은 대출 가능 여부 확인이 불가하니 모바일로 계좌를 트시고 하루 뒤에 다시 오라고 했다. 그리고 두 번 다시 그 은행에 발걸음하지 않았다. 우리는… 같은 우리일 수

없기에 홀로를 택했다.

다음으로 찾아간 곳은 I은행이었는데 대학 시절 학교에서 만들어준 학생증이 I은행의 체크카드 겸용이었다. 이번엔 계좌도 없다고 쫓겨나진 않을 것 같았다. 신용 대출 시 전 직장 근무 기간 인정 여부를 물어보니 이곳은 또 환장하게도 같은 업종이어야만 인정이 된단다. 공항에서 서비스업 하다가 지금은 사무실에 앉아서 디자인하고 있는데 모로 봐도 옆 구르기 하며 봐도 같은 업종으로는 안 쳐줄 것 같았다. 그리고 이런 대출 같은 경우 요즘은 모바일로도 잘 되어있기 때문에 모바일을 이용하시라고도 했다. 기업이 살아야 서민이 산다더니 나 같은 찌질이 서민은 받아주지도 않는 듯했다.

일이 이렇게 되고 보니 정녕 요즘 대출이 어렵다더라, 제2금융권으로 많이들 빠진다더라 하는 말이 실감이 됐다. 나는 그저 서울에 반전셋집 하나 얻고 싶었을 뿐이라고. 이 정도면 불쌍해서라도 거 대출 좀 해줄 때도 되지 않았냐고. 나 잘 갚을 수 있다고. 이 넓은 서울 땅덩어리에 내 집 하나 없는 게 말이 되냐고. 사겠다는 것도 아니고 그냥 좀 빌려서 깨끗하게 잘 쓰다 돌려드리겠다고오오.

그렇게 마지막 희망을 안고 찾아간 곳이 S은행이었다. 한도도 낮고 금리는 높지만 정말정말 다행히도 대출은 가능하다고 했다. 애초에 보증금의 10퍼센트만 빌리면 됐기에 그렇게 큰 돈이 필요치도 않았을뿐더러 내가 원하던 금액이 한도보다 훨씬 낮았기에, 필요한 서류를 제출하고 얼른 실행되기만을 기다렸다. 그런데 며칠 후 내가 받은 연락은 대출 실행 문자가 아닌 부결 문자였다. 3달 치 급여 내역 중 하나가 만근 월급이 아니라 부결이 났으니 한 달 뒤에 만근 월급을 받아 재신청을 해보자고 했다. 나는 이미 원하던 집에 가계약금까지 걸어두고 입주 날짜까지 받아놓은 상태였다. 신용 대출이 실행되면 계약금이 생기니 이 돈으로 집 계약을 하고 주민센터에 가서 확정 일자를 받고 전세자금 대출을 받으러 은행에 가려는 계획이 다 있었는데 일이 이렇게 되면 날짜가 너무 촉박했다. 전세 대출 신청일로부터 실행일까지는 2~3주 정도가 소요되기 때문에 넉넉하게 3~4주 전에는 신청해야 한다던데 부동산 예약까지 고려하면 1주일 전에나 신청하게 생긴 것이다.

망할, 이제 될 대로 돼라. 나도 모르겄다. 집 못 구하면 귀농한 아빠 따라 나도 시골 내려가서 농사나 짓고 벼나 베고 살란다. 뭣 났다고 이짝까지 상경을 해가지고는 이 고생을 한다냐. 살어리 살어리랏다. 시골에 살어리랏다. 얄리얄리 얄라셩 얄라리 얄라….

결국 그다음 달에 재신청한 신용 대출이 무사히 실행되어 집 계약도 마쳤고 수천만 원에 달하는, 아직 내 힘으론 모아본 적도 없는 액수의 금액이 전세자금 대출로 나와주어 향후 2년간은 시골집도 아니고 언덕도 아니고 빌린 집의 빌린 집도 아닌, 서울 한복판에서 약간 서쪽으로 치우쳤지만 '그냥' 빌린 집에서 살 수 있게 되었다.

다들 이 난리를 겪으며 집을 구하는 건지는 잘 모르겠지만 한 번의 성장통을 겪었다고 생각하며 잠자리에 들 때마다 아늑한 나의 7평 스위트룸에 감사해하고 있다.

#내집마련 #하고싶어 #야너두?

엄마에게 쓰는 편지

내가 제주도 국내선 파트에서 파견 근무할 당시의 일이다. 수학여행 시즌이라 분주하기 그지없는 가운데 한 남성 승객이 불안한 눈빛으로 카운터를 찾아왔다. 국내선은 신분증을 반드시 지참해야 카운터 수속이 가능하기 때문에 체크인 시 신분증을 확인하고 있는데 승객이 나에게 내민 것은 남녀 각기 다른 신분증 두 개였다. 나는 여성분의 신분증을 흔들어 보이며 말했다.

"고객님, 이분은 어디 계세요?"

"아, 제 아내인데요, 저쪽에 앉아 있어요."

승객이 가리킨 곳은 체크인 카운터로부터 그리 멀지 않은 곳의 벤치였다. 그런데 여성 승객분이 목을 축 늘어뜨리고 긴 머리로 얼굴을 다 가린 채라 얼굴이 잘 보이질 않았다.

"고객님, 일행분이 고개를 너무 숙이고 계셔서요. 죄송하지만 신원 확인이 되지 않으면 체크인을 해 드릴 수가 없습니다."

"저… 그게…."

승객은 할 말이 있는 건지 우물쭈물하다 나를 보며 작은 목소리로 털어놓았다.

"사실 제주도 오는 길에 장모님이 돌아가셨거든요. 그래서 급히 올라가 봐야 하는데…."

고개를 살짝 든 여성분은 이미 울 대로 울어 더 이상 눈물조차 나지 않아 지쳐있는 듯한 모습이었다. 괜히 몇 달 전의 내 모습이 떠올랐다. 까만 한복을 입고 하얀 핀을 머리에 차고 엄마의 장례식장 앞에 핀, 엄마가 좋아하던 하얀 민들레를 쭈그리고 앉아 가만 바라보다 괜시리 휴대폰을 꺼내 사진으로 남겨놓았더랬다.

내가 잠시 회상에 젖어있는 사이 승객도 설움이 북받치는지 카운터를 붙잡고 어찌해야 할지 모르겠다는 듯 몸을 꼬며 울음을 터뜨렸다. 다 큰 남성이 엉엉 울기 시작하자 옆 카운터의 승객들이 전부 내 승객을 빤히 쳐다보았다. 하지만 해줄 수 있는 게 아무것도 없었다. 카운터엔 그 흔한 티슈조차도 배치되어 있지 않았으니…. 승객의 벌벌 떨리는 손을 잡아주고 싶었지만 예의가 아닌 것 같아 꾹 참았다.

"고객님, 울지 마세요…."

내가 해줄 수 있는 말이라곤 고작 이게 다였다. 여행 가는 길에 장모님이 돌아가신 분께는 어떤 위로의 말을 건네야 하는 걸까. 내가 이 승객이었다면 어떤 위로를 받고 싶었을까.

"저, 저희 맨 앞자리 남아있으면, 구매하고, 싶은데요, 가능, 할까요?"

한 음절 한 음절 말하는 것 자체가 힘에 겨워 보였다. 나는 이 승객들에게 무언가 작게라도 도움이 되고 싶었는데 마침 이 승객들이 타려는 비행기가 만석이었다. 비행기가 만석이라면 비상구 좌석이나 맨 앞자리 좌석 같은 유료 좌석도 누군가는 무조건 그곳에 앉아 가야 하기 때문에 구매자가 없다면 무료로 자리를 드릴 수가 있었다.

"고객님, 오늘 만석이라 그냥 드릴게요. 구매 안 하셔도 됩니다."

"가, 감사합니다…."

이거라도, 이렇게라도 도움이 될 수 있어서 다행이었다.

엄마가 이제 이 세상에 없다는 건 누구에게나 이렇게 슬픈 일이구나. 나는 아직도 실감이 안 나는데. 아직도 지우지 못한 휴대폰 속 엄마 번호로 금방이라도 전화가 올 것 같은데. "공주님, 밥 먹었어?" 하는 엄마 목소리가 들려올 것 같은데. 나는 감싸 안고 싶은 걸까? 딱딱한 공항 벤치에 앉아 이제 나에게 말을 걸어 줄 엄마가 이 세상에 없음을, 뼈저리게 느끼고 있을 저분을.

제주도의 한 카페에 앉아 이런 글을 쓴 적이 있다.

'엄마는 내가 제주도에 와 있다고 하면 뭐라고 할까? 매일 공항 뒤에 펼쳐진 제주도 바다를 보며 출근을 하고, 바다 냄새를 맡고, 야자수를 보고, 그렇게 일하고 있다고 하면 엄마는 나를 자랑스러워할까? 먼 데서 일하고 있다고 걱정을 할까?'

누구에게도 닿지 못한 글은, 물어볼 사람 없는 부질없는 말들은 그냥 내 안에서만 맴돌 뿐이었다. 눈물이 났지만 아무렇지 않은 척 눈가를 슬쩍 훔쳤다. 잠깐 하품을 해서 눈물이 난 것인 양.

곰팡이 인간

공항에선 다들 나를 '착한 애'로 봐줬다. 고마웠지만 내가 아는 나는 별로 착하지 않은 것 같아서 조금 덜 고마운 걸로 퉁치기로 했다.

"왜 만춘 씨는 화를 안 내요?"

내가 화를 안 냈던가? 잘 모르겠다. 하루는 창고에서 게이트 서류를 챙겨 나오는 길에 창고에 있는 동기한테 전화가 왔다. 받았더니 "언니 이 서류 빼먹고 안 가져갔다"고 해서 부리나케 창고로 되돌아갔다. 빼먹고 간 서류를 챙기며 "와~ 좆될 뻔했다~" 라고 했더니 창고에 있던 모든 사람들이 빵 터지며 만춘 씨도 그런 말을 할 줄 아냐며 신기해했다. 내가 욕을 잘 안 했던가? 모르겠다.

나는 언뜻 모든 상황들을 포용하는 것처럼 비치지만 사실은 겉으로 표현을 못해 안에서 곪는 사람일 뿐이다. 나는 공항에서 담아온 모든 감정들을 집에다 풀어냈다. 그래서 내가 뭘 했냐면, 아무것도 안 했다. 그래서 집에 있는 모든 물건들에 우울이 덕지덕지 붙었다. 그냥 내버려만 둬도 그렇게 잘 자란다는 다육식물조차 우리 집에선 생기를 잃고 시들어 버렸다. 그래서 내 감정을 글로 풀기 위해 노력했다. 더 이상 나의 집이 우울에 잠식당해 눅눅해지지 않도록.

기실 나는 '우울해지지 않기 위한 노력'을 밥 말아 먹은 사람이었다. 나는 우울하면 그 우울감으로 굴삭기를 만들고 '우울한 나'의 자아를 만들어 끝 간 데 없이 땅굴을 파고도 남을 사람이다. 그래서 내 글의 기본값은 우울이었다. 물 먹은 미역마냥 축축 처지는 글이 싫어 글 사이에 해학을 꾸역꾸역 쑤셔 넣기도 했다.

그럼에도 불구하고 나는 하루하루 가벼운 사람이고 싶었다. 우울한 건 모두 파란 하늘에 묻어 버리라고 그 언젠가 체리도 말했으니까. 내 친구 중 한 명은 초등학교 선생님인데 미래를 위해 몇 달 내내 퇴근 후 학원에 가 무슨무슨 상담사 자격증을 땄다고 했다. 와, 너 진짜 끝장나게 멋있다고 호들갑을 떨었다.

"자꾸 이렇게 나 비행기 태울 거야?"

"그게 내 직업이거든!"

친구와 실없는 대화를 하며 낄낄거렸다. 하지만 나는 낄낄거리는 와중에도 마음속에 곰팡이 같은 불안감을 피웠다. 모든 것이 두려운 까닭이었다. 내일의 출근도, 오늘 밤이 오는 것도 두려웠다. 친구와 헤어지고 눅눅해진 집으로 돌아와 보니 곰팡이 같은 내가 보였다.

나는 어릴 적 외계인을 제일 무서워했다. 아니, 외계인이라기보단 알고 보니 이 세상에 인간은 나 혼자고 나를 제외한 모든 사람들이 사실은 외계인이었다는 충격적인 결말을 제일 무서워했던 것 같다. 그리고 지금 이 순간, 너무나 선명하게도 어릴 적 무서워했던 그것들을 온몸으로 느낄 수 있었다.

나 혼자였다.

충격을 마주한 순간 곰팡이 인간은 소리 내어 울었다. 공포

앞에 벌거숭이로 내던져진 자신을 지켜야만 했다. 그래서 내가 뭘 했냐면, 아무것도 안 했다. 아니, 우는 것 이외에 아무것도 할 수 있는 게 없었다. 울다 지친 나는 냉장고에서 오렌지주스를 꺼내 마셨고, 지옥 같은 공황이 도져 방금 마신 주스를 모두 게워내야만 했다. 이건 외계인이 나의 홀로서기를 질투해 나를 아주 오래, 그리고 자주 외롭게 만든 게 분명했다. 그래서 오래, 그리고 자주 오렌지주스 같은 괴로움을 홀로 삭였다.

나는 착한 사람이 아니다. 모든 걸 이해하고 포용하는 예수나 붓다 같은 성인도 아니다. 그럼에도 불구하고 사람들이 나를 '착한' 사람으로 봐줬던 건, 내 마음속에 곰팡이가 피어있어서다. 매일 겉으론 웃었지만 속으론 울어대니 마음속이 눅눅해져서 곰팡이가 피어버렸기 때문이다. 그 곰팡이를 감추기 위해 웃고 또 웃으니, 내 의지와는 상관 없이 '착하게 보이는' 사람이 됐다.

곰팡이는 무럭무럭 크기를 키울 때도 있었고 맥도 못 추고 작아질 때도 있었다. 불가항력적으로 처음 마주해야만 했던 공황, 그 아이는 내가 곰팡이 인간 진단을 받은 지 3년 만에 서서히 나와의 이별을 준비하고 있는 모양이다.

길다면 길고 짧다면 짧은 시간, 나는 곰팡이 같은 나를 타개하기 위해, 우울한 집을 마주하지 않기 위해 글을 썼고, 글은 나에게 '환상적으로 공황장애 극복하기', '끝내주게 우울증 날려 버리기' 같은 걸 검색창에 쳐보지 않고도 그 방법을 알 수 있게 해준 것 같다. 물론 아직 환상적으로 공황장애를 극복한 것도 아니고 끝내주게 우울증을 날려 버리지도 못했다. 위 문장에서 내가 단언할 수 있는 건 '아직'. 나는 '아직' 모든 걸 극복하진 못했지만 얼마 남지 않았다고 믿는다.

이렇게 글을 쓰며 지난날의 아픔에 대해 용감하게 고백하고 있는 나 자신이 좀 좋아지기 시작했으니까 말이다.

4장 | 출국 게이트

다시 내 세상의 게이트가 열리는 날

Contents

눈물의 게이트

스스로 생각해 봐도 나는 참 눈물이 많다. 내 감정 담벼락은 놀라울 정도로 낮아서 전혀 안 웃긴 말에도 대폭소를 하고 전혀 울 일이 아닌데도 눈물을 한 바가지로 쏟는다. 좋게 말하면 감정선이 섬세한 거고 나쁘게 말하면 지랄 맞은 거라고 할 수 있겠다. 하지만 난 눈물이 많아도 진실코 일하면서는 잘 울지 않는 편인데 공항에서 일할 적엔 두 번씩이나 울게 되었다. 공항에선 뭔가 부정적인 쪽으로 이슈가 생겼을 때 이레(IRRE, irregular)가 터졌다고 하는데, 내 감정들에겐 이 두 번이 너무나 큰 이레 상황이었다. 한번은 앞에 썼다시피 내가 안내하지도 않은 일로 손님이 내 탓을 하는 상황이 억울해서 울었고, 한번은 속상하고 야속하고 짜증 나는 모든 감정들이 휘몰아쳐서 울었다.

모월 모일, 보딩 게이트 듀티 하나를 무탈히 마치고 식사 시간을 받았다. 일하면서 몇 안 되는 신이 났던 순간이 있다면 그중 하나가 바로 밥 먹는 시간이었다. 같은 게이트 업무를 끝낸 선배와 게이트 관리자에게 수고하셨다는 인사를 하고 밥을 먹으러 빠질 작정이었는데 그 순간 무전기가 울렸다.

"게이트 관리자님 나와주세요. 백승현입니다."

"Go ahead."

"지금 MC012편 게이트 지연이라 MC987편 COB 듀티 불가능할 것 같습니다."

참고로, MC는 '만춘'의 자음을 따서 MC라고 지었다. 정말 있는 편명은 아니다. COB(Courier on Board)는 '항공화물 특송 서비스'라고 하는데, 쉽게 말해 면세품을 해외에 판매하는 업자와 계약해 짐을 비행기에 실어주는 일이다. 우리는 주로 업자가 상업용 면세품을 게이트 앞으로 가져오면 상자별로 무게를 재고 면세품 이외의 것을 반출하는지 확인한 다음 계약된 돈을 받고 화물로 옮겨주는 일을 한다.

그러니까 백승현 선배가 현재 일하고 있는 게이트가 지연되어 다음 듀티인 MC987편 홍콩 게이트의 COB가 불가능하겠다는 얘기인 고로 게이트 관리자는 신속히 백승현 선배의 듀티였던 홍콩 편 COB듀티를 대체할만한 다른 인력을 찾아내야만 했다. 그런데 불행하게도 그 관리자의 바로 앞에, 다음 듀티는 무려 한 시간이나 뒤에 있는, 여차하면 도망갈 태세인 사원 하나가 있었다.

"홍만춘, 너 COB 해봤어?"

"교육하면서 배우기는 했는데 혼자서는 안 해봤습니다."

제발 나 시키지 말아 달라는 뜻이다.

"그럼 할 줄 안다는 거네?"

의사소통에 실패했다.

"어… 넵."

"그럼 네가 987편 COB 좀 해라."

"관리자님, 근데… 저…."

"뭐."

"저 COB 파우치랑 아무것도 없는데요."

서류가 잔뜩 든 캐리어와 업무용 가방은 지퍼를 닫아걸어놓은 채였고 이미 내 한쪽 다리는 게이트 바깥쪽으로 뻗어있었다. 또 COB 업무를 하는 데 필요한 저울이나 서류 등이 구비되어 있는 파우치는 보호 구역이 아닌 일반 구역에 있는 창고에 있다. 그렇기 때문에 COB를 하려면 게이트 구역에 들어오기 전에 창고에서 파우치를 가져왔어야 한다. 이미 보호 구역으로 넘어왔는데 줄 서서 엑스레이 검사하고 일반 구역으로 넘어가 파우치 들고 다시 줄 서서 엑스레이 검사하고 보호 구역으로 넘어오는 방법은 아마 그 누구라도 추천하지 않을 것이다.

"그럼 012편 게이트 가서 백승현한테 파우치 받아오면 되잖아. 내가 일일이 그런 것까지 알려줘야 하냐?"

"근데…."

"아, 또 뭐!"

"012편 게이트 들렀다 가면 987편 COB 쇼업(Show-Up) 늦을 것 같은데요…."

"최대한 빨리 가면 되잖아!"

이게 말이야, 막걸리야.

"네…. 저 그럼 식사 시간은 어떻게 할까요?"

"너 밥 1시간 다 채워서 먹냐? 아니지? 그럼 COB 끝나고 먹어."

당신이 뭔데 국가에서 정한 휴게 시간을 마음대로 바꿔놓는 거냐고 따져 묻고 싶었다. 8시간 근무하면 1시간은 밥 먹어야 하는 직장인들의 불변의 진리를 역행하려 하고 있었다. 게다가 애당초 COB 듀티는 1시간이 넘게 걸린다. 고로 내 밥은 없다는 얘기다. 거기에 더해 방금 내가 마친 게이트 위치는 제1터미널의 동쪽 날개 끝, 백승현 선배가 있는 012편 게이트는 서쪽 날개 끝, COB 듀티를 해야 할 987편 게이트는 트레인을 타고 넘어가야 하는 탑승동이었다. 환장의 쓰리 콤보! 하지만 쪼렙인 나는 퀘스트를 수락하고야 말았다. 별로 경험치도 오를 것 같지 않고 보상으로 내 분노 지수만 쌓일 것 같은데 말이다.

COB 듀티를 끝내고 원래 나에게 배정된 듀티를 바로 이어서 하기 위해 캐리어에 필요한 물품들을 단단히 챙겼다. 대부분은 서류 뭉치들이었다. 게이트 서너 개 분량의 서류가 든 캐리어는 바퀴로 굴러가는데도 생각보다 무겁다. 한 게이트당 한 비행기의 왕복 서류를 넣어야 하는데 그것도 만석 기준으로 싸니 무게가 상당하다. 하루에 배정받은 게이트가 3개라면 왕복에 만석 기준 6편의 비행 서류가 캐리어에 들어가야 했다. 걸어가는 와중에도 캐리어가 자꾸만 덜컹거려 분노 지수를 키웠다. 가끔 공항에서 분노에 찬 지상 직원이 타이어 끌듯 캐리어를 이끌고 쿵쾅거리며 지나간 걸 본 적이 있다면…. 너른 양해를 부탁드린다. 왜냐하면 그건 바로 나였기 때문이다. 그렇게 한참을 걸어 백승현 선배 NPC에 도달해 파우치를 전달받았다. 방금 게이트를 하나 마쳤음에도 불구하고 다음, 다다음 게이트 서류가 든 가방에 COB 파우치까지 얹었더니 그동안 온갖 고통을 받아 마모되어 온 캐리어 바퀴가 결국 퍼져버리고 말았다. 하아…. 그렇다. 바퀴가 고장 난 캐리어는 100퍼센트 힘으로만 끌어야 했다. 정말이지 남의 돈 벌어먹기가 이렇게나 힘들다. 게이트에 서류 나오는 기계 이런 거 있으면 참 좋을 텐데. 여권이랑 탑승권 찍 스캔하면 어느 나라 가는지 자동 분류돼서 오, 그래 너는 필리핀에 가는구나, 하면 필리핀 입국 서류 자동으로 나오고, 이런 기계 개발 안 되나? 그럼 무겁게 양식 정리하고 관리할 필요도 없고 객실 승무원도 일 줄어서 좋고 지상 직원도 좋고 승객도 좋고 다 같이 해피해피하고 참 좋을 텐데…. 아마 이렇게 투덜투덜 거리며 퀘스트 깨러 가는 용사는 게임 속엔 없을 것이다.

달팽이 트랩에 걸려 이동 속도가 현저히 느려진 용사가 트레인을 타러 지하로 내려가는 와중에 무전기가 울렸다.

"백승현 씨, 온스탭 이재성입니다. 987 COB 안 오시나요?"

온스탭(On-staff)이란, 공식 용어는 아니지만 흔히 업계에서 항공사 소속 매니저를 가리킬 때 쓰인다.

"이재성 씨, 저 황새벽입니다. 제가 유선 드리겠습니다."

황새벽은 방금 그 관리자 놈, 아, 아니 관리자님 이름이다. 그런데 잠시 후 이재성 매니저에게 갔어야 할 관리자의 유선 콜이 나에게 왔다.

"네, 홍만춘입니다."

"야!!!"

"네, 네?"

"너 빨리 안 가? 어디야!"

"탑승동 넘어가려고 이제 막 트레인 탔습니다."

"이재성이 지랄하잖아!"

"승현 선배한테 파우치 받아서 오느라 좀 늦었습니다. 죄송합니다."

"내가 그냥 백승현 보냈으니까, 너는 백승현 올 때까지 무게만 좀 재는 시늉 하다가 밥 먹으러 가. 알겠어?"

"네…."

어차피 012편 게이트에 들렀다 가느라 이미 시간이 많이 지체됐다. 선배가 올 때까지 업무를 하다 밥을 먹으러 가도 남는 시간은 20분 남짓일 터였다. 이건 그냥 식당 가서 메뉴판 구경하다 오라는 소리다.

"이게 다 네가 COB를 혼자 못 해서 그런 거 아니야! 네가 제대로만 했어도 이런 일이 없었잖아. 다 너 때문이야, 알겠어?"

왜 다 나 때문이라는 걸까. 애당초 COB 교육 중이었던 사원에게 혼자 COB를 맡길 생각을 하지 말고 다른 인력을 찾아보든가, 백승현 선배를 012편 게이트에서 뺄 수 있었으면 진작에 빼든가 하지 그랬냐. 게다가 중요한 사실은 나는 아직 COB는 시작도 하지 않았고 게이트에 가는 와중이었다는 점이다. 왜 내가 COB를 제대로 해내지 못했다고 꾸중을 들어야 하는지 이해할 수 없었다. 관리자의 모진 말이 야속했고 속상한 마음이 파도가 되어 나를 덮쳤다. 내가 마치 일을 못 해서, 혼자서는 내버려 둘 수 없는 말썽쟁이 사원이라서 꼭 이런 말을 들은 것만 같았고 그렇게 COB가 중요했으면 본인이 가서 하지 그랬냐 하는 몹쓸 마음들이 얽히고설켜 눈물로 변해 뚝뚝 흐르기 시작했다.

"네가, 뭔데, 나한테, 이래라, 저래라야."

사실 이래라저래라 할 수 있다. 관리자니까. 그냥 '쟤가 또라이였네' 하며 자기 위안 삼고 넘어갈 수 있을 법한 일이었다. 하지만 그 당시엔 뭐가 내 머릿속 나사 하나를 뚝 떼갔는지 눈물샘을 막고 있던 댐의 수문을 거진 최대치로 개방해 버렸고 말 그대로 엉엉 울어 젖혔다. 탑승동으로 넘어가는 트레인에서 내려 엉엉 울며 무빙워크를 타니 지나가는 사람들이 죄다 토끼 눈을 하고 나를 쳐다보았다. 그렇게 무빙워크에서 한시도 쉬지 않고 엉엉 울었지만 같은 직원들에게만큼은 나약한 모습은 보여주기 싫어 게이트에 들어가기 전에 열심히 눈물을 닦았다. 그런데 울던 걸 억지로 그쳐서인지 울음이 산발적으로 딸꾹질처럼 튀어나왔다. 내 괴상한 딸꾹질에 COB 안 오시냐 무전을 쳤던 이재성 매니저님도 지나가던 사람들과 마찬가지로 토끼 눈이 되어 나를 쳐다보았다.

"안녕하세… 어? 무슨 일 있어요?"

"아… 안녕하세요…."

나는 기어들어 가는 목소리로 인사했다. 그런데 하필 옆엔 객실 승무원으로 비행을 하다가 보직을 변경해 이제 막 공항 지상직 업무를 배우기 시작한 다른 매니저님도 함께였다. 토끼 눈 두 쌍이 무슨 일이냐고 나를 재촉했다.

"만춘 씨, 괜찮아요?"

"네. 괘, 괜찮, 컹, 괜찮아요."

아무 일 없는 것처럼 행동하려고 했는데 이 방정맞은 딸꾹질이 멈추질 않았다. 새로 오신 매니저님이 객실 승무원 출신답게 승무원들에게 삥을 뜯었는지(?) 어디서 콜라 페트병과 종이컵을 들고 와 마치 우는 승객에게 서비스하듯이 콜라를 따라주었다. 근데 또 그게 나쁘지 않았다. 우쭈쭈 받는 기분이라 좀 좋았던 것 같기도 하다. 결국 나는 콜라의 단내에 못 이겨 모든 걸 털어놓고 말았고 매니저님들의 '우는 아이 달래기 프로젝트'를 받고 있는 와중에 게이트로 선미 대리님이 도착했다.

"안녕하세요!"

1시간 뒤에 있다던 내 게이트 듀티는 사실 MC987편 홍콩 보딩 게이트 듀티였다. 망할 놈의 COB가 아니라. 선미 대리님은 내가 평소에 엄청 존경하고 좋아하는 선배라 언제고 같은 게이트에 걸리기만을 바라고 있었는데 하필 이럴 때 엉엉 운 못생긴 모습이나 보여줘야 한다니 마음이 아팠다. (평소에도 못생겼을 수도 있지만 스스로 인정하고 싶지 않으니 다들 조용히 해주었으면 좋겠다.)

"만춘이 밥 먹었어?"

"아니요, 입맛이 없어서 그냥 안 먹었어요."

선미 대리님이 말을 걸어주니 짜증이고 서운함이고 뭐고 사르르 녹아 버렸다.

"새벽 선배가 만춘이 어쩌고저쩌고하면서 빨리 게이트 가 보래서 왔는데?"

"그분이 엄청 뭐라고 했나 봐요. 만춘 씨 울었어."

이재성 매니저님이 대리님에게 내 말을 해석해 주었다. '입맛이 없어서'가 '만춘 씨 울었다'가 되었다.

"네? 무슨 일 있었어요?"

"이리 와 봐요."

매니저님이 선미 대리님을 데리고 어딘가로 사라졌다. 분명 나와 황새벽 관리자님의 이야기를 하고 있으리라. 곧이어 백승현 선배도 COB 업무를 위해 도착했고 인천공항에 흩뿌린 내 눈물과 함께 홍콩 COB도, 게이트도 무탈히 끝이 났다. 홍콩공항의 공항코드인 'HKG'는 Hongkong International Airport가 아니라 앞으로 Hong Manchun K-Gae gosaeng으로 명명하겠다.

다음 듀티를 향해 터덜터덜 걸어가고 있는데 선미 대리님에게서 메시지가 도착했다. 도넛 기프티콘과 함께.

- 만춘이. 음료수 사주려고 했는데 게이트가 안 맞아서 못 사주겠네. 이따가 게이트 끝나고 뭐라도 챙겨 먹어. 울지 말고. 고생했어. 새벽 선배가 한 말은 잊어버려. 네가 잘못해서 그런 거 아니야.

나는 공황장애와 우울증이 내 밥줄을 끊어 놓지 않기를 바랐다. 그렇기에 감정의 장애가 업무에 영향을 끼치지 않도록 최선을 다했다. 일하다 감정이 요동쳐도 표출하지 않고 혼자 삭였고 그런 내 기분을 주변 사람들이 알아채지 못했으면 했다. 그럼에도 불구하고 터지고야 만 이번 사건은 내 마음을 한층 우울하게 했다. 노력해도 역시 안 되는 걸까. 난 어디서부터 어떻게 잘못된 걸까. 하지만 선미 대리님의 메시지를 보고 깨달았다.

난 잘못되지 않았다.

나의 불안정한 감정 상태는 새벽 관리자님이 폭파시켜 놓은 땅에 선미 대리님이 싹을 심어놓으며 마무리됐다. 그리고 여담이지만 선미 대리님에게 받았던 기프티콘은 차마 써 버리기가 너무나도 아까워 가보마냥 소중히 간직하고 있다가 유효기간 늘리는 걸 깜빡했는지 환불 처리되어 내 마음을 더 아프게 했다.

'사실은 감정조절 장애가 있어요'라는 말은 회사 사람 아무에게도 말할 수 없다. 회사 생활을 하는 데 치명적이니까. 하지만 그만큼 노력해야 한다. 나는 365일 내내 웃고 다녔다. 누구에게도 말할 수 없는 비밀을 껴안으려 발악을 했다. 회사 사람들은 나에게 말했다.

"어쩜 그렇게 항상 웃고 다녀요? 만춘 씨를 보면 저까지 기분이 좋아져요."

손님들은 말한다.

"너무 환하게 웃어주시길래 아는 분인 줄 알았어요."

불안정한 내 감정을 숨기려, 매일 밤마다 이불속에서 끅끅 울어대는 나 자신을 숨기려 나는 항상 웃고 다녔다.

나는 불안장애, 우울증, 공황장애가 있다. 하지만 나 같은 사람도 밥 잘 먹고 사람 많은 공항에서도 일 잘할 수 있다. 정신장애가 있으면 회사 생활을 못 할 거라는 고정관념은 버려주시길. 이렇게 글도 쓰고 일도 하며 어엿하게 세상을 잘 살아가고 있으니.

공항의 온기가 1°C만큼 상승하였습니다

[만춘 씨 결혼해?]

서비스직에 근무하다 보면 손님들 때문에 힘들고 감정 상하는 일도 많지만 반대로 손님들 덕분에 소소하게 기쁘고 감동하는 경우도 많다. 진상 승객을 만나면 오늘 당장 때려치워야겠다 싶다가도 이 일을 계속할 수 있는 원동력이 되어주는 다정한 손님들도 많았다.

한번은 카운터에서 우리 엄마 또래의 중년 여성 승객을 수속하고 있을 때였다. 절차가 끝나고 그녀가 카운터를 떠나기 위해 바리바리 짐을 챙기던 도중 뭔가 큰 결심을 했다는 듯 나를 결연한 눈빛으로 쳐다보았다.

"저기, 우리가 떡을 너무 많이 쪄왔지 뭐야. 이것 좀 먹으면서 해요."

"앗. 감사합니… 어어…?"

"그럼 수고해요!"

승객은 뒤도 돌아보지 않고 떠나갔고 그녀가 내게 내민 것은 방앗간 로고가 찍힌 떡 상자였다. 원래 여행 갈 때 떡을 이렇게 상자째로 쪄오나? 그것도 사과 상자만 한 크기로…? 이제는 사라져 버렸지만 기차 여행의 대세는 삶은 달걀이었는데, 요즘 비행기 여행의 대세는 떡인 것인가? 열어보니 시루떡, 인절미, 가래떡 등등이 들어있었다. 공항으로 오는 길에 다 식었을 것이 분명하지만 따끈따끈하다는 표현이 '찰떡'같이 어울려 보였다.

혼자선 도저히 다 먹을 수 없는 양이었기에 수속이 잠시 한가해진 틈을 타 카운터에 앉은 직원들에게 떡을 돌렸다. 그 사이에 화장실에 다녀온 한 대리님이 자리에 떡이 놓여 있는 것을 보고 누가 준 거냐고 했고, 직원들은 떡이 든 입을 오물거리며 만춘 씨라고 했다. 대리님은 의아하다는 듯 물었다.

"이게 다 뭐야? 만춘 씨 결혼해?"

옛날이었다면 진즉 결혼하고도 남았을 나이였겠지만 아쉽

게도 나는 아직 대리님의 희망 사항을 들어줄 수는 없다고, 인절미를 집어 들며 생각했다.

[홍만춘 가라사대]

한가롭지 않은 제주도의 어느 날. 바로 나와 사라가 제주공항 국내선으로 파견된 지 이틀째 되는 날이었다.

"만춘 씨랑 사라 씨는 언제까지 국내선 교육받으면 될 것 같아요?"

"어… 그래도 국내선은 처음이니까… 한 1주일이면 괜찮지 않을까요?"

이것은 최대한 헤드로 투입되는 것을 미뤄보고자 하는 나의 발악이자 실수였다. 오피스에서 나와 대뜸 처음부터 카운터에 앉아 손님을 받으며, 뒤로는 선배의 서슬 퍼런 눈빛을 받으며, 무수히 많은 한숨과 무수히 많은 죄송합니다와 함께, 1주일씩이나 교육 기간을 달라고 한 것을 뼈저리게 후회했다.

"만춘 씨. 뒤에 벨트 보고 넘겨요. 짐 다 끼잖아요."

인천공항은 버튼을 누르면 뒷 벨트에 짐이 없을 때 자동으로 옆 벨트가 간격을 두고 넘어가기 때문에 이때까지 목을 뒤로 돌리는 경우로는 짐이 끼이는지 어떤지보단 그저 얘가 잘 넘어갔는지 확인하는 정도에 그쳤었다. 그런데 이곳은 벨트에 짐이 한데 어우러져 아수라장이 된 채 엑스레이를 통과하고 있었고 그 아수라장 사이사이에 짐이 끼지 않도록 컨트롤하며 버튼을 눌러야 했던 것이다.

"만춘 씨. 한영 키 몰라요? 자꾸 영어 나오잖아요."

수속 프로그램을 다루며 자꾸만 영어가 튀어나왔던 이유는 한영키를 누르는 것이 익숙지 않아서였는데, 국제선에선 모든 명령어를 영문으로만 사용했기에 자연스레 한영 키는 장식으로만 보고 있었다. 그런데 국내선으로 들어오니 분명 똑같은 수속 프로그램인데 승객 이름과 정보가 한글로 나왔다. 명령어는 영문으로, 승객 정보와 메모 사항은 한글로 넣어야 하기에 국내선 직원들은 한영 키를 자유자재로 다루고 있었지만 나 혼자 명령어를 한글로 입력했다가 이름을 영어로 썼다가 하며 허둥지둥했던 것이다. 이 모든 것은 내 잘못이기도, 억울한 것이기도 했다. 그리고 덕분에 내 이름은 끊임없는 잘못과 억울함을 지적하기 위한 지시어가 된 듯했다.

"만춘 씨, 입사 언제라고 그랬죠?"

"○월입니다."

"그럼 우리 막내들보다 선배잖아. 오늘 수속 처음 해봐요? 잘 좀 해요."

"죄송합니다…."

인천 직원을 대표해 머저리가 된 나에게 3대 모녀 승객들이 찾아왔고 승객들의 신분증을 받은 나는 깜짝 놀랐다. 모녀 중 2대에 해당하는 승객분의 성함이 나와 똑같았던 것이다. 흔한 이름은 아니었기에 이제껏 성까지 똑같은 경우는 단 한 번도 보지 못했는데 바로 지금, 제주도에서 승객과 직원으로 만나게 된 것이다. 있는 힘껏 주접을 떨고 싶었지만 내 바로 뒤엔 무시무시한 어떤 것이 버티고 서 있었다. 나는 혼나는 분위기 속에서 주접을 떨 만큼 간덩어리가 크지 않았다. 내가 얌전히 입을 다물면 선배도 나도 승객도 무사할 수 있었다.

"어?"

그런데 내 명찰을 본 손님은 생각이 달랐던 모양이었다.

"어머. 저랑 이름이 똑같으세요. 엄마! 엄마, 이리 와 봐!"

잠깐 다른 곳에 가셨다가 무슨 일이 생긴 줄 알고 이쪽으로 헐레벌떡 달려오신 어머니는 명랑한 딸의 말투와는 달리 고개를 푹 숙인 나와 내 뒤의 험악한 표정의 선배를 보고 의아하게 말했다.

"무슨 일 있어?"

"아니. 이분! 이분 나랑 이름이 똑같아!"

"어머! 그러네?"

따님분 이름을 너무 예쁘게 잘 지으셨다고, 나는 아버지가

지어주셨다고, 제 손님으로 오셔서 너무 좋다고, 이런 말들을 하고 싶었다. 하지만 정작 내 입에서 튀어나온 건 다른 말이었다.

"네에… 그러게요… 하하…."

선배는 아무 말도 하지 않았지만 괜스레 뒤에서 "줄 기니까 빨리 빼요" 소리가 들려오는 것만 같았다. 나는 감명받지 않은 척하며 수속에 몰두하려 애썼다. 마지막 가방이 벨트 뒤로 넘어가자 나는 손님들에게 탑승권을 건네며 작은 목소리로 말했다.

"반가웠습니다."

그러자 홍만춘 씨는 내게 오른손을 건넸고 우리는 악수를 하며 모종의 감정을 나눴다.

[방탄소녀]

모 인기 아이돌의 멤버 생일을 기념하여 팬들이 탑승권 뒷면의 광고를 산 적이 있었다. 계약 기간 동안 팬들이 디자인한 해당 멤버의 얼굴과 생일 축하 문구가 티켓에 대문짝만하게 실려야 했고 디자인을 전공했던 나는 깔끔하게 따지지 못한 멤버의 누끼를 보며 슬퍼졌다.

그런데 이 티켓의 치명적인 단점이 있었으니 그것은 다름 아닌 티켓을 받을 수 있는 사람이 매우 한정적이었다는 것이다. 이 티켓은 수속 카운터에 딸린 기계에만 (혹은 환승 게이트에) 들어갈 수 있었다. 그렇다는 건 카운터에서 체크인을 진행하지 않은 승객은 '오빠'를 볼 수 없는 뜻이었다. (해당 아이돌은 나보다 어리지만 잘생겼으므로 오빠라고 하겠다.)

승객들의 셀프 체크인을 원하는 항공사와 그냥 직원이 알아서 끊어줬으면 하는 승객 사이에선 당연히 항공사가 우세하다. '규정입니다'와 '그냥 좀 해줘'는 쨉이 안 되기 때문이다. 승객들은 울며 겨자 먹기로 셀프 체크인을 했는데 모바일 체크인의 경우 당연히 탑승권이 모바일로 뜨기 때문에 지류 티켓을 받을 수 없고, 키오스크의 경우 항공사가 아닌 공항이 시설을 관리하기 때문에 공항에서 제공하는 다른 종류의 티켓이 나온다. 셀프 체크인으로는 진행할 수 없는, 비상구 좌석이라든지 24개월 미만 유아 동반 승객이라든지 등등 몇 가지의 경우에만 비로소 카운터에서 오빠를 만나볼 수 있었다.

베트남 다낭이 국민 해외 여행지로 급부상했을 무렵, 가족여행을 가는 승객들이 카운터로 내방했다. 이미 키오스크에서 체크인을 완료했지만 짐을 부치기 위해 카운터로 온 것이었다. 그런데 잠시 후 나는 여고생 딸의 표정이 심상치 않음을 감지했다. 그녀는 자꾸만 뭔가를 말하려다 삼키고 있었다.

“태ㅎ….”

혀끝까지 차오른 뒷말은 공기를 만나지 못해 미처 소리가 되지 못하고 있었다. 나는 그녀의 시선을 따라가 보았고 그곳엔 파란 플라스틱 쓰레기통이… 아니 더 정확히는 쓰레기통 안에 찢긴 ‘오빠’의 얼굴이 있었다. 그리고 그건 잘못 프린트된 티켓이 다른 곳에 사용되지 못하도록 어느 직원이 찢어 버린 티켓 조각 중 하나였다. 나는 그녀가 바로 그 오빠의 팬임을 감지하며 그녀가 못다 한 말을 대신해 주었다.

“티켓 이걸로 바꿔드릴까요?”

“허억…! 그래도 되나요?”

나는 웃으며 그녀의 원래 티켓을 찢어서 버리는 대신 새 오빠의 얼굴로 갈아주었고 그녀는 받는 이가 황송할 정도로 90도 인사를 남기며 카운터를 떠나갔다. 귀여운 승객이라고 생각하며 다른 승객들을 수속하고 있는데 잠시 후 카운터 옆쪽에서 누군가 슬쩍 끼어드는 게 보였다. 처음엔 줄을 서지 않고 옆에서 끼어든 새치기 손님이라고 생각했지만 자세히 보니 아까 그 여고생의 얼굴이었다. 그녀는 편의점에서 새로 사 온 듯한 커피를 수줍게 내밀고는 내가 뭐라 말도 걸기 전에 황급히 도망쳤다. 그녀는 출국장 앞에서 미소를 지으며 그녀를 맞이

하고 있는 아버지를 향해 뛰어갔고 그걸 보는 내 얼굴에도 똑 같은 미소가 번졌다.

자유의 감옥

어릴 적 엄마의 월급날은 엄마와 언니의 손을 잡고 함께 서점에 가는 날이었다. 관심도 없는 책 표지들을 둘러보다 눈에 띄는 책 한 권을 집어 들었다. 미하엘 엔데의 《자유의 감옥》이었다. 자유롭지만 마치 감옥 같기도 한, 미지의 공간에서 날아오르는 새 한 마리가 그려진 표지였다. 내용은 잘 기억나진 않지만 그것이 자의로 산 나의 첫 번째 책이었다.

엄마가 의자 하나 없는 앉은뱅이 생활에 최적화된 집안의 방바닥에 앉아 《좋은 생각》을 읽기 시작하면 나는 엄마 옆에 꼭 붙어 엄마가 어린이날 선물로 사준 《뚱딴지 만화 명심보감》

이나 《만화로 읽는 탈무드》 등을 읽었다. 책 내용이 무슨 뜻인지는 잘 모르겠지만 엄마와 체온을 나누며 사락사락 책장을 넘기는 소리가 좋아 그렇게 한참을 엄마 옆에 앉아 책을 읽곤 했다.

그 이후로 나는 책을 좇았다. 대학에서 디자인과를 나와 첫 직장인 쇼핑몰에서 부서를 선택해야 했을 때도 한직 중의 한직인 '도서 디자인팀'에 지원했다. 엄마는 그런 나를 자랑스러워했다. 하지만 나의 선택을 다른 지인들은 비웃었다.

"야, 요즘 누가 소셜커머스에서 책을 사냐?"

슬프게도 그 말은 사실이었다. 우리 부서는 매 분기 매출 꼴등이었다. 그나마 아동도서 분야에서 매출이 좀 나오는 듯했으나 그마저도 이내 망해 버리고 말았다. 나는 결국 강압적인 부서 이동과 떠넘기기식의 업무량 증가로 인해 더 이상 버티지 못하고 첫 회사를 그만둬야 했다.

이후 나의 새로운 취업 준비가 시작되었고 퇴직금과 모아뒀던 월급을 다 까먹으면서 돈이 궁해졌다. 나는 살림살이에 보탬이나 될까 싶어 앞으로 보지 않을 것 같은 책들을 골라 중고 서점에 갖다 팔았고 동시에 엄마의 폭탄 같은 잔소리를 들어야만 했다.

"엄마는 책 갖다 파는 사람이 세상에서 제일 싫어! 책은 보물이야!"

나는 엄마 슬하에서 책을 내다 판 죄인이 되었고 앞으로는 책을 팔지 않겠다는 다짐을 하고 나서야 엄마의 잔소리 감옥에서 풀려날 수 있었다. (그 이후로도 엄마 몰래 책을 내다 팔았지만 엄마한테는 비밀로 했다.)

"돈이 없으면 엄마가 줄게. 책은 팔지 마."

엄마는 책을 사랑했다. 어린이날이면, 나와 언니에게 사랑을 담아 책을 선물했고, 책을 디자인하는 딸내미를 자랑스러워했다. 나는 그런 엄마가 자랑스러웠다. 어릴 적 어떤 친구가 엄마에게 《정글에서 살아남기》란 책을 사달라고 했더니 만화책이라고 안 사준다며 툴툴대고 있었다. 그 친구에게 나는 '우리 엄마는 책 빌려보면 마음 편히 못 읽으니까 다 사주겠다던데? 우리 집엔 살아남기 시리즈 다 있어!'라며 으스댈 수 있었다. 그러면 다른 아이들이 우르르 몰려들어 나도 한 번만 빌려볼 수 있냐며 부러워하곤 했다.

하지만 나의 자랑이었던 엄마는 서서히 작아졌다. 감옥 같던 세상이 힘에 겨웠는지 몸속에 자작자작 암세포를 키워냈다. 엄마는 죽기 직전까지 책으로 죽음을 공부했다. 엄마의 책장에 꽂혀있던 새로운 책들의 제목은 온통 '죽음'이었다. 엄마가 어떤 마음으로 죽음을 준비했을지 가늠이 되지 않아 마음이 아렸다.

엄마는 감옥을 버린 작은 새가 되어 자유로이 세상을 떠났다. 그리고 엄마가 떠나기 전 나에게 물려준 유산은 바로 책 읽는 힘이었다. 책은 엄마다. 엄마는 책이다. 내가 나다울 수 있는 힘은 책으로부터, 엄마로부터 나온다. 나에게 책이라는 세상을, 엄마라는 세상을 선물해 준 소중한 유산을 생각하며 나는 오늘도 책을 읽는다.

그리운 마음이 바람이 되어 옷깃에 스치운다.

숨

20년 평생 나에게 바란 것이라곤 언니와 화목하게 지내기뿐이었던 부모님이 처음으로 내게 원하는 것을 들이밀었을 때 나는 혼란에 휩싸였다. 그것은 내가 가야 할 대학이었다. 고용노동부 산하 기능대학이라 학비가 무지막지하게 저렴했다. 한 학기에 100만 원 언저리였으니 할 말 다 한 셈이었다. 그런데 문제는 그 대학이 기술전문대학이라 공대에 전문학사, 그러니까 2년제였던 것이다. 애들 다 가는 평범한 4년제 대학이 가고 싶었던 나는 그것을 완강히 거부했고 매일매일 부모님 앞에서 1인 시위를 펼치며 부모님과 나의 일생일대 최장 기간의 대치 상태를 이루었다.

"너 거기 안 쓸 거면 다른 데는 아무 데도 안 보낼 거야."

"원서 쓰는 건 난데? 자꾸 그렇게 말하면 난 원래 가려던 ○○대에 그냥 원서 내버릴 거야."

공부를 못하지도 않았지만 잘하지도 않았던, 평생 그저 그런 어중간한 성적을 받아왔던 내가 가고 싶은 사립 대학의 학비는 부모님이 4년간 내주실 수 없는 금액이었다. 게다가 내 대학 진학 시기에 엎친 데 덮친 격으로 엄마의 암 치료 비용이 겹쳤던 것이다. 사정을 안 나는 조용히 1인 시위의 막을 내리는 대신 서울에 있는 캠퍼스로 가겠다고 했다. 부모님과 극적인 타협을 이뤄놓고 학교 홈페이지에 들어가 원서를 낼만 한 학과를 뒤졌다. 전기? 전자? 조용히 뒤로가기를 눌렀다. 자동차? 그거 탈 줄은 아는데. 유비쿼터스? 뭔 소리인지조차 모르겠다. 그나마 디자인 항목에 눈길이 갔다. 디자인과지만 실기는 없고 수능 성적과 면접 점수로만 뽑는다고 했다. 그럼 여기 넣어보지 뭐. 미래를 책임질 나의 전공은 이런 식으로 정해졌다.

엄마 아빠가 바라던 대학에 들어간 나는 이렇게 살면 안 되겠다는 생각이었는지 갑자기 각성을 한 건지 학업에 매달린

결과, 수석 졸업을 했고 원하는 직장에도 들어갈 수 있었다. 그렇게 디자이너가 되어 평생을 살 줄 알았다. 하지만 평생을 우물 안에서만 살던 개구리는 우물 밖으로 나가야 한다는 생각조차 하지 못하지만 한 번 우물 밖 세상을 맛본 개구리는 더 큰 세상을 맛보고자 우물을 탈출하려 애쓰는 법이다.

내가 또 다른 우물 밖으로 나가본 세상은 첫 직장에서 리프레시 휴가를 받아 떠난 오키나와였다. 오키나와엔 푸른 동굴이라 불리는 다이빙 포인트가 있는데 이곳에서 체험 다이빙을 꼭 해봐야 한다고 했다. 1회 체험권이 10만 원에 육박했지만, 한 번하고 말 레포츠라 생각해서 그 정도쯤은 감수하기로 했다.

하지만 즐거운 마음으로 시작한 다이빙은 점점 부담이 됐다. 긴장감이 너무 심했기 때문이다. 물 공포증 때문에 들어가려다 실패한 사람도 많다고 했고, 1년에 며칠 안 된다는 오키나와의 추운 날씨와 바람 때문에 원래 가려던 포인트인 푸른 동굴이 아닌 다른 지역의 해변으로 장소가 바뀌었다. 날이 우중충해서인지 과연 저 시커먼 바다에 들어가도 되는 것인지 의구심이 들었다.

하지만 수면 위에서 바닷속으로 들어가는 순간… 신세계라는 표현은 이럴 때 쓰는 것이지 않을까 하는 생각이 들었다. 수면 위에선 갑갑하기 짝이 없던 호흡기가 물속에선 아가미처럼 편안했고 수족관에서나 볼 법한 물고기들이 내 옆을 지나다녔다. 흔들리는 연산호는 나를 부르는 손짓이었고 검은 바다는 우매한 나를 포용하는 대지였다. 우물 안에서 나온 개구리가 더 큰 세상을 유영하고 있었다.

특별한 꿈 없이 되는 대로, 흘러가는 대로 살던 나에게도 꿈이 생겼다. 바다로 가는 것이었다. 스쿠버 다이빙 숍에 취직해 손님들 예약도 받고 다이빙도 시켜주고 싶었다. 체험 다이빙 1회에 빛나는 경력을 가진 자의 야무진 꿈이었다.

그렇게 다이빙 자격증 따기에 도전한 나는 또다시 큰 혼란에 휩싸였다. 생각보다 물이 무서웠던 것이다. 강사님들이 알아서 다 해주는 체험 다이빙과 달리 바닷속에서 혼자서도 살아남을 수 있는 '자격'을 주는 자격증은 차원이 달랐다. 깊은 바닷속에서 마스크가 벗겨져 앞을 볼 수 없고 호흡기가 작동되지 않아 숨을 쉴 수 없어도 자격증을 가진 다이버라면 알아서 살아남아야 했다. 우물 밖 세상은 만만한 것이 아니었다.

하지만 우물 밖으로 나가고 싶은 개구리의 끈질긴 도전은 계속됐다. 내가 잘하지 못해도 바다는 신경 쓰지 않았다. 그저 포근한 온도와 아름다운 풍경으로 나를 포용하며 고요의 도시로 인도할 뿐이었다.

바닷속에선 소리를 들을 일이 별로 없다. 아래로, 아래로 내려가다 보면 호흡기를 물고 호흡하는 내 숨소리만 들렸다가 아스라이 사라질 뿐이었다. 스쿠버 다이빙에서 호흡은 굉장히 중요하다. 어느 정도냐면 처음 다이빙 교육을 받을 때 들었던 말이 호흡법에 대한 것이었을 정도다.

"절대 숨을 참지 마세요. 계속 호흡하세요."

숨을 쉬면 폐가 팽창했다 수축했다 하지만 숨을 참으면 폐가 움직이지 않게 된다. 그렇게 되면 기압 차가 존재하는 수면과 깊은 바닷속 사이에서 폐가 움직이지 않아 급격한 기압 변화 시 폐가 터져버릴 수도 있다는 거였다. 실로 무시무시한 말이었다. 게다가 다이버들은 호흡으로 부력 조절을 하고 공기통에 든 한정된 공기만을 소모하기에 공기 소모량이 적으면 적을수록 실력자로 인정받는다. 그래서 흔히 스쿠버 다이빙이라고 하면 굉장히 동적인 레포츠라고 생각하는 사람들이 많지만, 사실은 그 어느 레포츠보다 느리다. 스쿠버 다이빙은 안정된 자세로 느리고 편안하게 숨을 쉬어야 좋기 때문이다.

우여곡절 끝에 따낸 자격증을 등에 업고 드디어 '다이버'라는 이름으로 바닷속으로 내려가게 되었다. 배 위에 서서 한쪽 다리를 앞으로 크게 벌려 바닷속으로 뛰어들었다. 몸이 순식간에 수면 아래로 잠겼다가 다시 떠올랐다. 그리곤 수면 위에 둥둥 떠서 다른 다이버들의 입수를 기다리며 호흡기에 익숙해지도록 숨을 골랐다.

하강 사인이 떨어지고 수면 근처에서 몰려오는 답답함과 두려움을 참고 배운 대로 호흡하며 밑으로 내려가다 보니 어느새 수면에서 꽤 떨어진 바닷속이었다. 눈 돌리는 모든 곳이 모두 고요하고 신비로웠다. 시선을 약간 들어보니 내 위쪽에 특이한 물고기들이 유영하고 있었다. 가만 쳐다보고 있자니 더 자세히 보고 싶어졌다. 그러기 위해서 나는 위로 살짝 올라가야 했다.

위로 몸을 띄우는 방법은 몇 가지가 있는데 그중 하나가 바로 호흡이다. 앞질러 가는 가이드 몰래 숨을 들이쉬고 살짝 숨을 참아본다. 3초에서 5초가량이 지나고 몸이 위로 붕 뜨면 참았던 숨을 다시 내뱉어 부력 조절을 한다. 그제야 내 위쪽에 있던 물고기와 비슷한 위치에서 그들을 더 자세히 볼 수 있게 됐다. 수족관이 아닌 넓은 바닷속을 다니는 이 녀석들과 함께 나란히 갈 수 있다니…. 땅과 바다라는 공간을 뛰어넘어 한층 더 자유로워진 기분이다. 그렇게 물고기들과 짧은 만남을 하고 나면 다시 가이드 몰래 제자리로 돌아온다. 그렇게 얼마간 시간이 흐르자 가이드가 저 앞에 거북이가 있다는 신호를 보내

온다. 가이드가 속력을 높여 거북이를 따라가자 나의 발짓과 호흡도 바빠진다. 거북이는 육지에서나 느림보지 바닷속에선 어마어마한 속력을 자랑하기 때문에 거북이가 팔 한 번 스윽 휘저을 때마다 따라잡기 위해 발버둥 치는 내 호흡은 급격히 가빠졌다. 하지만 공기량 소모가 너무 많으면 바닷속에서 오래 있을 수 없기에 잔압계를 확인하며 호흡을 조절한다. 숨 쉬는 것이 '숨 쉬듯' 익숙해진 우리에게 항상 호흡을 신경 써야 한다는 것은 꽤나 불편한 감각이다.

공황장애를 가진 동지들이라면 다들 공감할 것이다. 공황발작이 올 때마다 나는 과호흡을 했다. 죽을지도 모른다는 공포심으로 심장이 터져버릴 것 같이 뛰어대는 통에, 한 움큼의 숨을 들이마셔야만 살 수 있을 것 같았기 때문이었다. 그런 내가 바닷속에 있는 40여 분간은 느리고도 꾸준하게 호흡했다. 호흡기에서 기포가 되어 보글보글 올라오는 숨을 바라보고 습- 후-, 하는 호흡 소리를 들었다. 숨이라는 것을 이렇게 보고 들을 수도 있는 거구나. 바닷속으로 들어간다는 것은 숨의 영역으로 들어가는 것이었다. 그곳에서 나는 하나의 '숨'이 되어 무중력을 유영했다.

그리고 현재 바닷속이 아닌 현실을 유영하는 나는 여전히 '숨' 쉬는 것을 잊지 않으려 한다. 기쁘고 행복할 때는 물론 슬퍼서 마음이 저 바다 깊은 곳까지 가라앉을 때에도, '숨'을 쉰다. 숨을 들이켜고, 잠깐 멈췄다가, 몸이 붕 떠오르면 다시 숨을 내뱉고, 이 과정을 반복하다 보면 언젠가는 수면 위로 올라올 테니까.

절대 숨을 참지 마세요. 계속 호흡하세요.

오늘의 운세

무릇 대한민국 국민이라면 명리학, 그러니까 사주팔자에 대해 모르는 사람은 없을 것이다. 본인의 목표나 미래가 뚜렷하고 모든 게 행복한 사람이라면 굳이 돈을 주고 자신의 점괘를 볼 필요가 없다지만 하루하루가 불안하고 걱정거리가 한가득인 사람이라면? 그게 바로 나였다. 나는 사주뿐만 아니라 타로나 신점 등에도 관심이 많았고 여기저기 패인 마음을 채우러 좋은 말만을 듣기 위한 사주 쇼핑을 다니기도 했다.

공항에서 근무할 당시 내가 살던 곳은 인천공항을 지척에

둔 인천 운서동이었는데 그 한적한 섬 동네에 알음알음 입소문이 나기 시작한 사주카페가 있었다. 무려 사주를 봐주시는 사장님이 초록창의 '오늘의 운세'를 만드신 분이라고 했다. 무려 대기업에 본인의 지식을 입점시켰다니! 이런 누추한 곳과는 어울리지 않음이 분명했다.

이때까지 내가 가봤던 사주카페는 필수로 음료를 시켜놓고 테이블에 앉아 기다리면 선생님이 등장하며 사주를 봐주시는 공장식 '사주+카페'였다면 이곳은 '사주 or 카페'였다. 부부가 운영하는 곳이었고 남편 사장님이 사주 담당, 아내 사장님이 카페 담당이었다. 겉으로는 일반 카페처럼 보였고 실제로 일반 카페처럼 이용할 수도 있지만 카페 한 편엔 사주만 봐주는 골방 같은 곳이 따로 있어 사주만 보고 싶다면 카페에 들어와 골방만 이용할 수도 있었다. 게다가 더 특이한 점은 남편 사장님이 그림도 좋아하셔서 출입문 맞은 편의 족히 가로 10미터는 넘어 보이는 카페 벽에는 고흐의 〈별이 빛나는 밤〉이 사장님만의 방식으로 주욱 늘어져 있었다.

"만춘 님이 올해 스물일곱인데… 만춘 님은 30살에 운이 풀려요. 그전까진 힘든 사주예요."

"그럼 전 3년 동안은 계속 힘든가요?"

"삼재라고 들어보셨죠? 만춘 님은 올해부터 3년간 삼재에 해당하거든요. 그전까진 힘들어도 버티셔야 해요. 이 시기엔 마음이 춥고 우울한 겨울에 해당돼요. 우울증 같은 게 올 수도 있고요. 정신 질환을 조심해야겠네요."

사주를 보러 가기 전에 항상 기대하는 게 있다면 앞으론 좋은 운만 들어와 있으니 걱정하지 말라고, 힘든 시기는 다 지났고 너는 올해부터 탄탄대로가 펼쳐질 운명이니 하는 일마다 잘 될 거라는 말을 듣는 것이었다. 그리고 이번에야말로 그런 비슷한 소리나마 듣지 않을까 하는 희망이 있었다. 그런데 이게 웬걸? 정작 내가 들은 건 앞으로 남은 나의 찬란한 20대는 죽 쑬 거라는 얘기였다.

"저 그러면요, 제가 책 읽는 것도 좋아하고 글 쓰는 것도 좋아해서 책을 써보고 싶었거든요. 나중에라도 제 책을 낼 수 있을까요?"

"네, 그럼요. 대신 빛을 보는 건 서른 이후예요. 그전까진 연습한다 생각하세요. 어떤 분야로 쓰시려고요?"

"에세이요. 공항에서 일하는 내용을 써보고 싶어서요."

"그걸 써보고 싶다고 생각하게 된 계기가 있어요?"

"제가 직업 에세이를 좋아하거든요. 평소에 저와 다른 생뚱맞은 직업군은 가져볼 일이 잘 없잖아요. 뭐 검사나 경찰, 도서관 사서 이런 거? 근데 일을 해봐야지만 알 수 있는 직업의

매력이나 애로사항들을 책으로 읽을 수 있어서 좋더라고요. 근데 저는 제 직업군의 책도 읽어보고 싶은데 항공사 지상 직원이 쓴 책은 없더라고요. 그래서 제가 한번 써보고 싶다고 생각했어요."

"보니까 만춘 님은 소설이 더 어울리겠는데요?"

"네? 제가요?"

"네. 특히 SF나 판타지 같은 거."

과학의 '기역' 자도 모르는 내가 공상 과학 소설 같은 걸 쓸 수 있을 리가 만무했다. 나는 고등학교 때도 인문, 사회가 좋아 문과를 택했다기보단 수학, 과학이 싫어 문과를 택한 케이스였다. 내가 쓰는 SF는 과학적 지식이 한없이 0에 수렴해 사이언스 픽션이 아닌 얼렁뚱땅 픽션이 될 것임이 틀림없었다. 게다가 판타지라니? 내가 판타지를 쓴다는 것 자체가 판타지였다.

"3년 동안 책도 많이 읽고 공부해서 조금씩 습작을 남겨놔봐요. 그리고 무조건 3권 이상 내요."

"3권이나요? 지금 1권도 낼 수 있을까 말까인데요…."

"모든 건 만춘 님의 선택과 노력 여하에 달려있어요. 지금 이곳을 나서서 내가 무슨 책이야, 이러고 말면 책을 못 낸 사람이 되는 거고요. 연습해서 습작을 남기고 필사도 해보고 꾸준히 노력하면 나중엔 책을 낸 사람이 되는 거고요. 사주는 만춘 님의 인생에 길잡이 역할을 해주는 거고 그걸 선택하고 결정하는 건 오직 만춘 님의 역할이에요."

"노력한다고 해서 잘 되는 날이 오기는 할까요, 선생님?"

"그럼요. 아까 제가 30살에 빛을 볼 거라고 했잖아요. 안 올 것 같죠? 서른 되게 금방 옵니다. 그전까진 운의 흐름이 만춘 님에겐 추운 겨울에 해당하고 삼재까지 겹쳤기 때문에 모든 게 불행하다고 여겨질 수 있거든요. 저를 한번 믿어보세요. 그리고 책은 꼭 3권 이상 쓰시고."

카페를 나오며 별이 빛나는 밤이 아니라 별이 지는 밤 같은 기분이 되었다. 30살에 잘 되는 건 좋지만 서른은 너무 먼 나라 얘기 같았고 지금 당장 삼재라는 사실이 기분을 축냈기 때문이었다.

그래서 그로부터 3년이 흐른 지금, 모든 게 맞아떨어졌냐 하면 어느 정도는 맞는 것 같다. 스물일곱엔 엄마가 돌아가셨으며 처음 찾아간 정신과에서 공황장애를 선고받았고, 스물여덟엔 코로나와 함께 정리해고를 당해 코로나 대신 심한 우울증에 걸렸다. 건강한 사람은 코로나에 걸려도 1주일이면 격리해제라지만 나는 지독히 이어지는 우울에 언제쯤 내 마음의 격리를 해제해야 할지도 몰랐다. 스물아홉엔 파견 계약직이나마 직장을 구하고 약을 끊을 만큼 멀쩡해졌으나 그 외의 모든 것들에서 말아먹었다.

그리고 서른이 된 지금, 가끔씩 먹던 약도 모두 끊었고 좋은 사람들을 많이 만났으며 새롭게 저축을 시작하고 책을 내기 위한 원고를 쓰고 있다. 한창 찬란해야 할 시기를 어두컴컴하게 보냈던 나는 무탈히 서른을 맞이하였다. 이런 게 바로 운이 풀리기 시작하는 거라면 다가올 운명을 두 팔 벌려 환영할 준비가 되어있다.

혹여나 이 글을 읽고 위의 사주카페를 궁금해하실 분들을 위해 잠깐 알려드리자면, 코로나가 터지고 운서동에 거주하던 공항 근무자들이 죄다 빠져나가며 운서동의 자영업자들 또한 하나둘 자취를 감추게 되었고 위의 사주카페도 사정이 별반 다르진 않았는지 문을 닫고 말았다.

얼마 전 지인으로부터 어디 어디에 굉장히 용하다는 점집이 있는데 같이 가지 않겠느냐는 제안을 받았다. 지인의 동료들 사이에서 입소문 난 곳이라고. 그 전의 나라면 사주, 신점 가릴 것 없이 좋아했기에 뒤도 돌아보지 않고 예약금을 보냈을 것이다. 하지만 왠지 모르게 이번만큼은 그다지 끌리지 않았다. 어차피 안 좋은 말은 걸러 들으면 되고 한 번쯤 재미로 볼 수도 있지 않을까 하는 생각도 잠시 들었지만, 글쎄. 이제는 남이 풀어내는 내 얘기 말고 스스로 풀어나갈 앞으로의 내 얘기가 더 궁금해졌으니 말이다.

마음의 감기에 마스크 씌워주기

코로나 이후 감기에 잘 걸리지 않게 됐다. 평소의 나는 개도 안 걸린다는 여름 감기, 개나 소나 다 걸린다는 겨울과 환절기 감기 등등 사계절 감기란 감기는 죄다 섭렵하고 다니며 한 마리의 개가 되어 보내는 날이 잦았다. 그러나 코로나 시대엔 여름이건 겨울이건 외출 시 마스크 착용이 필수였기에 감기에 걸리는 횟수가 확연히 줄었고 짐승보다는 사람의 모습에 가깝게 유지하는 게 가능해졌다. 코로나가 나에게 준 유일한 장점이었다.

그런데 문제는 '마음의 감기'였다. 그냥 감기는 약을 먹고 푹 쉬면 금방 나았지만 마음의 감기는 약을 먹어도 푹 쉬어도 당최 낫질 않았다. 모든 게 지긋지긋했다. 매번 눈물을 흘리는 것도, 이렇게 살고 있는 나 자신도. 내가 할 줄 아는 거라곤 저녁 내내 울다가 무한도전을 틀어놓고 이불 속에 누워있는 거였다. 이렇게 누워서 이대로 사라져 버렸으면 좋겠다는 생각을 종종 했다. 그러면 이제 사회에 융화되지 못한 사회적 암세포 같은 나라는 존재를 세상에서 깨끗이 지워버릴 수 있겠지.

공황은 약을 먹으면 심장 박동이 느려지고 어느 정도 나아지는 듯 보였지만 불안과 우울은 약을 먹어도 마음속 견고한 우울의 얼음 성에 침투조차 하지 못해 뽀송해질 수 없었다. 휴직 끝에 돌아온 건 계약 만료 통보 메일이었다. 여러 군데에 이력서를 냈고 그중 한 군데에서 면접 일정이 잡혔다. 경기도에 있는 모 백화점 사무직의 육아 휴직자 대체 근무 자리였다. 원래 계약은 6개월이지만 좋은 평가를 받으면 계약 연장도 '고려'해 준다고 했다. 채용 공고에 나와 있는 급여 사항은 분명 협의 후 결정이었는데 협의라기보단 최저 시급이라는 통보도 잊지 않았다. 당시 최저 시급을 월급으로 환산하면 160만 원 정도였는데 그중 3개월은 또 수습 기간이라 160만 원도 못 쳐준다고 했다. 6개월짜리 땜빵에겐 법이 허락하는 최소한의 월급만 부여하겠다는 심산인 듯했으나 현재의 나는 가릴 것이 없는 처지이므로 일자리를 주겠다는 것만으로도 감사해야 한다고 내 주변인들은 입을 모아 말했다.

그런데 무기력이 발목을 잡았다. 정말 죽을 만큼 가기가 싫었다. 어떻게 온 면접 기회인데, 그걸 날려 먹어도 괜찮을 만큼 가기가 싫은가? 그렇다. 그럼 가지 말자. 면접 전날 죄송하지만 면접 참석이 어려울 것 같다고 담당자에게 문자를 보냈다. 그리고 나는 이 결정을 면접 담당자 외에 아무에게도 말하지 말았어야 했다. 그냥 면접에서 떨어진 척해야 했다. 남들의 눈으로 보는 나는 사회의 암세포였다는 사실을 자주 간과해서 기나긴 충고와 잔소리를 들었다. 그리고 그들은 내 안부를 물으며 의문사를 함께 덧대주었다.

"왜 그러고 살아?"

'그러고 산다는 것'의 무게가 나를 짓눌렀다. 6개월짜리 땜빵 업무가 싫었다는 건, 최저 시급보다 못한 업무가 싫었다는 건 그만큼 간절하지 않았다는 소리였을까? 다들 '그러고' 살고 있기에 나처럼 불안에 허덕이지 않고 사회의 일원이 되어 하루하루를 충실히 살고 있는 걸까?

"너무 서울에만 있으려고 하는 거 아니야? 눈을 좀 낮춰봐.

아빠 지방에 계신다며. 아빠랑 같이 살면 돈도 아끼고 좋네.”

맞다. 아빠가 지방에 계시긴 하는데 귀농을 일찍 하셔서 저어 한적한 시골 마을에 사신다. 자동차가 없으면 운신이 힘든 곳이었는데 자동차가 문제가 아니라 나는 운전면허조차 없었다. 그리고 서울에만 있으려고 한다는 건 오해였다. 대부분의 회사들이 서울에 몰려있기에 서울에 지원한 횟수가 많을 뿐이었다. 지방 근무여도 회사만 괜찮으면 지원해봤는데 면접에서 떨어진 건 내 의지가 아니었다.

나는 쓸모없는 인간이라는 생각이 내 정신을 지배했다. 그리고 그건 마음을 냉동 창고에 가둬놓는 일이라 마음의 감기가 나을 새가 없었다. 조금이라도 빨리 뛸라치면 심장이 세차게 뛰어 공황발작이 올 것 같아 무서워 뛸 수 없었다. 영원히 지하철에 갇혀 내릴 수 없게 될까 봐 지하철을 탈 수 없었다. 비좁고 답답한 공간은 나를 졸도시키기에 충분했다. 무엇 하나 제대로 할 수 있는 게 없었다. 지독히도 지랄맞은 날들이었다.

빛이 닿지 않는 길을 홀로 걸어가는 건 외롭다. 힘들다. 정말 이 약을 다 끊고 다 괜찮아지는 날이 오기는 할까 의심스럽다. 소실점의 끝이 보이지 않는 길을 하염없이 걸어가는 나는, 아무도 없는 망망대해에 혼자 표류하고 있는 나는 과연 이 세상에서 쓸모 있는 사람일까. 사실은 아무도 나를 필요로 하지 않기에 적당히 버려둔 이곳에서 눈치 없이 홀로 이 기나긴 싸움을 하고 있는 것은 아닐까. 훗날 내가 아침저녁으로 챙겨 먹는 알갱이가 있다면 그건 영양제 따위뿐이기를, 우는 날보다 울지 않는 날이 더 많아지기를, 제발 나를 이 시련의 늪에서 구해달라고 나의 우주에게 빌고 또 빌었다.

그리고 다니던 병원이 동네가 아니라 대학병원으로 옮겨졌을 무렵, 디자인 전공과 공항 전에 다녔던 회사의 디자이너 경력을 인정받아 새로운 직장에 2년 계약직 웹디자이너로 들어갈 수 있었다. 회사에 다녀야 하기 때문에 약의 부작용인 졸림 현상이 걱정됐고 한 번 두 번 거르다 보니 먹다 안 먹다 하는 날이 점점 잦아졌다. 선생님에게 혼날까 봐 이대로 병원에 가기가 두려웠지만 먹던 약이 다 떨어져 어쩔 수 없이 예약을 잡을 수밖에 없었다.

"약은 꼬박꼬박 잘 드시고 계세요?"

"아뇨… 사실 먹었다 안 먹었다 해요. 2~3일에 한 번씩 먹는 것 같아요…."

"잘하셨어요. 지금처럼 하시면 돼요."

잠깐만. 내가 뭘 들은 거지? 이렇게 드시면 안 된다고 할 줄 알았기에 적잖이 놀랐다.

"앞으로는 지금처럼 생활하시다가 한 번씩 불안하시거나 할 때 간헐적으로 드세요."

"네…."

나를 쓸모없는 인간이라고 여긴 죄로 시시포스의 형벌을 선고받아 언덕 위로 바위를 옮기고 또 옮겼던 나날들이 아스라이 부서졌다. 그리스 신화에 나오는 시시포스의 형벌에서 가장 잔인한 점은 '언젠간 끝날 거라는 희망'이라고 한다. 그리고 그 형벌의 끝은 쓸모없는 사람이라는 생각을 한 꺼풀 내려놓는 것이었다.

하루하루가 불안하던 나에게 가끔씩만 불안한 날들이 찾아왔고 평생 가닿을 수 없는 지점이라고 여겼던 약 없는 생활은 의외로 빨리 나를 찾아왔다. 자나팜이 내 마음에 들어가기 시작한 지 3년째 되는 해였다. 그리고 한 해가 더 지나고 나서야 모든 약을 완전히 끊을 수 있게 되었다. 비상약을 파우치에 넣어 다니고 있긴 하지만 몇 달 동안 파우치에 손을 댄 적은 없다. 감기란 언제든 다시 올 수 있는 것이므로 경계 태세는 하고 있지만 3~4년 전과 다름이 있다면 마음 성의 경비병들이 한층 강화되었다는 점이다. 나는 영화 속 히어로들을 전부 내 상상

속에서 재탄생시켜 성의 경비병으로 세워두었다. 미국만 지키지 말고 내 마음도 좀 지켜주란 말이야.

나는 이렇게 내 마음에도 마스크를 씌워주며 마음의 감기가 낫기를 바랐다.

내가
사랑했던
사람들에게

사실 이 글은 지난날의 자기반성이 담겨있다. 나는 나약한 정신 상태를 가졌다는 점을 핑계로 주변인들을 괴롭히고 그들마저 어지럽혔다는 점에서 응징당해야 마땅하나 이렇게 반성하는 글을 쓰고 있다는 것을 변명 삼아 사랑하는, 사랑했던 사람들에게 용서를 구해보고자 한다.

나는 외로웠지만 외롭기 싫어 항상 누군가를 내 옆에 두어 그 외로움을 좀 삭감시켜보려 했는데 그것이 외로움이라기보단 내 감정에 뻥뻥 뚫린, 채울 수 없는 항아리 같았단 점에서 종국엔 내가 사랑했던 사람들에게 미안해지고 말았다. 왜냐하면 나는 온전치 못한 정신으로 그들을 방치하거나 그들에게 매달리거나 둘 중 하나였고 그 대상은 애인이 되었다가 친언니가 되었다가 사촌 동생들이 되었다가 친구들이 되었다가 뒤죽박죽 엉망진창이었기 때문이다. 밑 빠진 독에 물 붓는 것마냥 감정에 뚫린 구멍을 그들에게서 메우려 애정을 갈구했으니, 불쌍한 척으로 콩알만큼의 동정심을 얻는 데는 성공했을지도 모른다. 그러나 그 이면이 180도 달랐다는 것을, 진심에서 우러나오는 동정심과 불쌍한 놈에게 희생 한번 하고 말지, 라는 식의 동정심은 뿌리부터 다르다는 것을 몰라 같은 실수를 반복해댔다.

나의 유일한 친자매인 언니와는 내가 스무 살 때부터 떨어져 살았다. 붙어 살 땐 무지성으로 싸워댄 주제에 조금 떨어져 있었다고 그렇게 애틋할 수가 없었다. 그러나 그 애틋함은 일방통행이었으면 일방통행이었지 절대 쌍방은 되지 못했다. 언니는 나 없이 잘 사는데 나는 언니가 매분 매초 그리웠다. 공항에서 언니가 주로 입는 꽃무늬 원피스를 입은 사람이 지나갈 때마다 언니가 사무치게 그리웠다. 언니가 영종도까지 놀러 오는 날이면 나는 언니에게 울며불며 매달려 꼭 하루를 자고 가게 만들었다. 언니는 정말 지긋지긋하다는 표정이었지만 나에게 직접적으로 뭐라 하는 것만큼은 그만둠으로써 우울증에 걸린 동생의 보잘것없는 자존심을 지켜주었다.

이때는 그래도 좀 나은 편이었다. 회사에서 잘리고 내 우울의 감정이 피크를 찍었을 무렵, 그 당시 나는 다행인지 불행인지 남자 친구를 사귀고 있었는데 내 불안한 마음이 그에게도 애정을 갈구하게 만들었다. 그러나 "내가 어디가 좋아?"라고 물으면 그는 "음… 글쎄"라고 대답했다.

못내 서운해 "아니, 좋은 데가 단 한 군데도 없단 말이야?"라고 되물으면 "그런 걸 입 밖으로 내뱉고 정의하는 순간 너는 '그런' 사람이 되는 거야. 내가 네가 착하고 예뻐서 좋다고 하면 너는 '착하고 예쁜' 사람이라는 프레임에 씌워지는 거지. 그러니까 어디가 좋다고 딱 정해놓고 말하는 게 좋은 게 아니야"라고 대답해 주었다. 그러면 그걸 듣는 내 머리통엔 물음표가 가득했다. 그냥 착하고 예뻐서 좋다고 말해주면 안 되나? 나 여자 친군데? 연인 사이 만국 공통 질문도 그에겐 통하지 않았다. 그는 대단히 이성적이어서 감성적인 면모를 단 1그램도 내비치지 않는 로보트 인간이었다. 인간인 줄 알았는데 알고 보니 로보트였다는 식의 베르나르 베르베르의 소설 《나무》나, 김영하 작가의 소설 《작별 인사》가 꽤나 신빙성이 있어 보였다.

하지만 더욱더 불행하게도 나는 기억력이 금붕어 또는 무쓸

모에 가까워서 이런 그의 성향을 뒤돌아서면 까먹었기 때문에 대놓고 "우울하지만 힘내 볼게", "힘은 안 나지만 힘내 볼게" 같은 말을 자주 지껄였는데, 그럴 때마다 그는 "왜 자꾸 스스로를 우울한 사람이라고 구속하는 거지? 그러니까 더 우울한 거야"라고 맞받아쳤다. '나는 우울하지만', '힘은 안 나지만'이 아니라 '힘내 볼게'라는 말에 그가 주목해줬으면 했다. 우울하지만, 힘은 안 나지만, 그럼에도 불구하고 힘내 보겠다고. 너를 위해서.

나의 우울이 티타늄 심장을 가진 그에게 옮겨 가지 않아 다행이었지만 오히려 그에게 자주 우울을 티 냈다는 죄로 역풍을 맞았다. 나는 그와 헤어지고 나서 천으로 된 심장을 누덕누덕 기워야만 했다.

불쌍한 내 공항 동기 사라와 사라의 남자 친구 민은 나의 지인이라는 이유만으로 고통받기도 했다. 그들은 민의 직장 근처에서 동거를 했는데 나는 사라와 같은 토익 학원을 다니며 학원이 끝나면 사라와 민의 집 근처로 넘어가 그 동네에서 밥도 먹고 공부도 했다. 하루는 민이 야간 근무를 하는 날이라 다음날 사라와 함께 토익 학원에 가기로 하고 사라 집에 하룻밤 묵게 되었다. 당연한 수순으로 나와 사라는 학원을 쨌고(?),

다음날 아침 사라와 내가 그대로 집에 있는 것을 본 민은 어처구니가 없다는 표정을 지었지만 함께 밥을 먹어주었다. 이제 그 동네에서 밥도 먹고 공부도 하고 잠도 자게 된 나는 한술 더 떠 그들과 노래방도 가고 배드민턴도 치고 놀았다. 내가 집으로 돌아가야 하는 날이면 사라가 만춘 언니를 혼자 보낼 수 없다며 같이 우리 집까지 가주기도 했다. 사라는 나보다 네 살이나 어렸는데 얼마나 내가 철부지 같아 보였는지 알 수 있는 대목이었다. 백수인 나와 사라 대신 밥값은 민이 열심히 벌어다 날랐으며 나는 재취업 후 고양이처럼 사냥감을 물어다 나르며 사라와 민에게 갚을 수 없는 무언의 사과를 하고 있다.

인간은 감정적으로 불완전하기에 연약하고, 그렇기에 자연스레 기댈 곳을 찾는 게 아닐까? 하지만 불완전하다고 해서 주변인들을 괴롭히고 그들이 나의 모든 것을 이해해 주기를 바라는 일만큼 어리석은 짓도 없을 것이다. 이런 식의 철없는 행동은 20대에 끝내고 올라왔어야 한다고 생각하지만, 비록 서른 살에서 겨우 석 달 더 먹은 나이지만, 지금의 내가 그때의 나보단 석 달어치만큼의 성숙함을 보유했기를 바라본다.

에필로그

브런치에 첫 글을 쓰기 시작한 지 2년 8개월이 흘렀습니다. 그간의 여정이 이제 하나의 책으로 나오려 하고 있네요.

계약하자고 손을 내밀어주시고 멋진 책을 만들어주신 멋쟁이 마누스, 너무 감사드립니다. 3월의 어느 날 강남의 모 카페에서 첫 미팅을 가졌을 때, 투고할 때 보내드린 원고를 인쇄해 밑줄 그어가며, 포스트잇 붙여가며 다 읽어와 주신 걸 보고 느꼈던 벅찬 감동을 잊을 수 없습니다. '아, 하늘이 두 쪽 나도 여기랑 계약하겠구나' 생각했습니다.

나 : 제가 잘 몰라서 그러는데 보통 계약서에 사인은 언제 하나요?

마누스 : 저희는 무엇보다 작가님이 잘 되시기를 바라요. 그래서 더 큰 출판사에서 연락이 온다면 거기로 가시기를 권해드리고요. 일단 차분히 하루 이틀 정도 생각해 보시고 연락주세요.

나 : 저 그럼 내일 12시 1분에 문자 드리면 될까요?

제 마음속 마누스는 이미 그 어떤 대형 출판사보다 큰 존재였습니다. 고맙습니다.

지난 2년 8개월간 저에게 힘찬 응원을 보내주신 브런치 독자님들과 작가님들께도 그 어떤 감사의 말보다 더 깊은 감사의 말씀을 전합니다.

코로나도 조심하시고 독감도 조심하시고 감기도 조심하시고, 하여튼 우리 건강하게 오래오래 해 먹어요!

2022년 12월.

홍만춘 드림.

웰컴 투 패닉 에어포트

2023년 1월 16일 초판 1쇄 발행

지은이 홍만춘
발행인 정가영
책임편집 이명은
디자인 지민채

펴낸곳 마누스
FAX 0504-064-7414
이메일 manus2020@naver.com
블로그 blog.naver.com/manus2020
인스타그램 @manus_book

ISBN 979-11-971579-9-8